가장,
그까이꺼
제가 하겠습니다!

가장, 그까이꺼 제가 하겠습니다!
삶의 무게를 이겨내는 꾸준함의 힘

초 판 1쇄 2024년 08월 28일

지은이 꾸즈니(오해영)
펴낸이 류종렬

펴낸곳 미다스북스
본부장 임종익
편집장 이다경, 김가영
디자인 윤가희, 임인영
책임진행 이예나, 김요섭, 안채원

등록 2001년 3월 21일 제2001-000040호
주소 서울시 마포구 양화로 133 서교타워 711호
전화 02) 322-7802~3
팩스 02) 6007-1845
블로그 http://blog.naver.com/midasbooks
전자주소 midasbooks@hanmail.net
페이스북 https://www.facebook.com/midasbooks425
인스타그램 https://www.instagram.com/midasbooks

ⓒ 꾸즈니(오해영), 미다스북스 2024, *Printed in Korea*.

ISBN 979-11-6910-779-2 03810

값 19,000원

미다스북스는 다음세대에게 필요한 지혜와 교양을 생각합니다.

가장,
그까이꺼
제가 하겠습니다!

삶의 무게를 이겨내는 꾸준함의 힘

꾸즈니(오해영) 지음

미다스북스

추천사

"오해영 작가에게서 세상의 아내를 본다."

나는 아홉 번 사표를 썼다. 그때마다 아내가 외벌이로 가계를 꾸렸다. 아내는 뿌리 깊은 나무와 같이 흔들림이 없었다. 풀이 죽지도 않았다. 외려 명랑하고 씩씩했다. 자신을 누구와 비교하지도 않았다. 늘 당당하고 자신에 차 있었다.

그땐 그런 줄만 알았다. 그저 그래야했기에 그리 용감했다는 걸 이 책을 읽으며 비로소 깨달았다. '슈퍼맨 망토가 천근만근'이었지만, 친정엄마에게는 그런 내색 한번 할 수 없었고, 때로는 '맞벌이 가면을 쓰고' 남편이 전업주부란 사실을 직장에 알리기 싫었구나.

그럼에도 그녀가 꿋꿋하게 잘 살아가고 있는 비결! 그것은 꾸준함이다. 그녀가 말하는 꾸준함은 세 가지 의미를 내포한다. 부지런함과 끈끈함, 그리고 한결같음이다. 부지런하되 부산하지 않고 끈끈하고 진득하다. 그리고 그런 부지런함과 끈끈함이 끊이지 않고 줄기차게 이어진다.

가장, 그까이꺼 제가 하겠습니다!

남편이 전업주부의 길을 가는 건 응당 존중받아야 할 그의 선택이다. 하지만 그런 선택이 가능하게 해준 아내의 역할도 간과되어선 안 될 것이다. 나 역시 아내 덕분에 인생 고비마다 내가 원하는 선택을 할 수 있었다. 고맙고 또 고맙다.

마음이 따뜻해졌다. 이 책은 남자와 여자, 남편과 아내를 편 가르지 않는다. 양쪽 모두에게 따뜻한 위로를 보낸다. 그리고 잘 살아가고픈 용기를 북돋운다. 특히 '혼자 벌지만, 나 혼자 이룬 것은 아무 것도 없다'고 말하는 저자에게, 아니 이 세상 모든 아내에게 절로 감사와 응원의 갈채를 보내게 한다.

강원국(『강원국의 인생 공부』, 『대통령의 글쓰기』 저자)

평범한 일상이 이야기가 되는 모든 순간은 위대하다. 그 순간에 삶의 곳곳에 숨어 있는 진실이 드러나기 때문이다. 저자는 전통적인 성역할이 뒤바뀐 일상을 통해 발견한 진실을 책에 담았다. 남편을 대신해 무려 15년을 외벌이 가장으로 살고 있는 여성이 깨닫게 된 인생 이야기이다. 진짜 이해와 공감은 삶의 자리바꿈을 통해서만 가능한지도 모른다. 게다가 상대 뿐만 아니라 자기 자신도 새롭게 보게 된다. 독자들도 지극히 평범하지만, 단 한 장도 눈을 뗄 수 없는 이 위대한 이야기 속의 주인공과 자리바꿈을 해보라. 그렇게 읽다보면 자신의 이야기로 세상에 유일한 존재로 남는 법을 발견하게 될 것이다.

구범준(〈세상을 바꾸는 15분〉 대표이사)

15년차 외벌이 워킹맘으로 살아오면서 직장과 사회의 편견을 넘어선 저자의 이야기를 통해 꾸준히 일하며 자신의 한계를 넘어서는 법을 배울 수 있다. 내 일을 포기하지 않고 즐겁게 해나가기 위해 고군분투하는 여성, 성장을 꿈꾸는 여성이라면 변화의 발걸음을 내딛기 위해 반드시 읽어야 할 책이다. 나아가 책임을 다하며 살아가는 이 시대 가장들이 자신을 바로 세우고 더 큰 꿈을 향해 나아갈 수 있도록 실질적인 도움을 줄 것이다!

허지영(『삶이 글이 되는 순간』, 『나를 깨우는 책 읽기 마음을 훔치는 글쓰기』 저자)

같은 지구별 태어나 살아가면서도 다른 삶과 인생을 살아가는 우리. 같은 여성이지만 나와 전혀 다른 삶을 살아온 특별한 성장이야기를 보면서 다시한번 나의 삶을 돌아본다. 오해영 님의 책임감 무게는 무엇보다 값지고 귀하다. 그 귀한 이야기가 드디어 온세상에 나왔다. 흔들림을 마주하는 순간에도 단단하고 뿌리깊은 나무를 가진 사람의 이야기는 우리에게 활력을 다시 불어넣어주는 힘이 있다. 이 책이 바로 그러한 책이다.

지혜(김지효)(『방탄렌즈의 지혜』 저자)

전통적인 한국의 가치관에 따르면, 남성은 집안의 경제를 책임지고 여성은 육아와 집안일을 맡아야 한다는 인식이 있습니다. 그러나 시대가 흐르면서 이제는 남녀가 동등한 위치에서 일을 하며 육아와 집안일을 함께 하는 것이 당연한 일이 되었습니다. 더 나아가 여성이 가장이 되고, 남성이 육아와 집안일을 전담하는 경우도 우리 사회에서 점점 많아지고 있습니다.

또한, 남성과 여성이 각자의 일을 번갈아 하게 되는 경우도 많습니다. 남성과 여성이 돌아가면서 육아 휴직 및 휴가를 내며 가정을 돌보는 것입니다. 이러한 관계의 변화와 다양성은 젊은 세대에게 이상적인 부부 관계에 대해 많은 질문을 던집니다. 직장이 힘든 남편에게 사표를 내게 하고 외벌이 워킹맘으로서 15년을 살아온 그녀의 경험과 고민, 그리고 혜안은 여러 문제로 고민하는 많은 젊은 직장인 및 부부에게 큰 도움이 될 것입니다.

부아C (『부의 통찰』, 『부끌글』 저자)

프롤로그

　제가 가장이 되리라고는 상상하지 못했습니다. 결혼하면 아이를 낳고, 동네 카페에 앉아 우아하게 차를 마시며 친구들과 수다 떠는 모습을 꿈꿨습니다. 하지만, 저는 지금 한 가정의 가장입니다.

　무모해 보일지 모르지만 저는 가장의 길을 선택했고, 그 선택은 저에게 새로운 인생의 길을 열어주었습니다.

　가장으로서의 역할에 두려움을 느끼기도 했습니다. 일하고, 가족을 부양하며 끊임없이 스스로에게 질문을 던졌습니다. "잘 하고 있는걸까?", "이 길이 맞는 걸까?" 수많은 질문이 떠올랐지만, 결국 중요한 것은 꾸준히 해나가야 한다는 사실이었습니다.

　한 치 앞도 알 수 없는 삶의 여정 속에서, 우리는 때때로 자신을 잃고 방황합니다. 그러나 그 방황의 순간이야말로 우리가 진정한 자신을 발견할 기회입니다. 우리는 각자 타고난 재능과 고유한 이야기를 지니고 있지만, 이를 발견하고 펼치는 일은 쉽지 않습니다. 인생을 살면서 때로는 힘들고 때로는 보람을 느끼는 이유는 예상치 못한 벽에 부딪혀 이에 절망하거나 극복해 결과를 마주하기 때문일 것입니다.

우리는 매 순간 선택의 기로에 서 있습니다. 그 선택들이 비록 작아 보일지라도 우리의 인생에 커다란 변화를 불러올 수 있습니다. 또한 수많은 선택이 모여 우리 삶의 이야기를 만들어 간다는 것을 깨달았습니다. 저의 선택이 항상 용감하고 지혜로운 것은 아닙니다. 때로는 무모하고 후회스러운 순간도 있었습니다. 그러나 그 모든 순간이 모여 더욱 단단한 나를 만들었습니다. 여러분께 이야기하고 싶습니다. 당신의 선택이 언제나 완벽할 필요는 없다고. 우리는 과정을 거쳐 분명히 성장할 것입니다.

우리 생의 끝이 정해져 있다는 사실을 기억한다면, 이 순간을 더 소중히 여길 수 있을 것입니다. 주어진 삶을 소중히 여기며, 후회 없는 삶을 살아가시는 데 조금이나마 보탬이 된다면 저에게 그보다 더 큰 기쁨은 없을 것입니다.

목 차

추천사   004

프롤로그   008

1장
가장, 그까이꺼 제가 하겠습니다!

01 용감하고 무모한 그녀, 가장이 되다   017

02 사표 내고 왜! 내가 있잖아!   024

03 슈퍼맨 망토는 천근만근   031

04 어쩌다 '맞벌이 가면'을 썼다   039

05 나는야 자아도취 프로일잘러   047

06 전략은 나의 믿음 위에 세운다   054

07 나의 기질님, 고맙습니다   062

2장
혼자 벌지만, 혼자가 아니야

01 '남의편' No, '남편' Yes   073

02 괜찮아, 혼자 너무 애쓰지 마   079

03 나 혼자선 조연, 함께라서 주연!   087

04 서로 빈틈을 막아주는 문풍지처럼   092

05 장 보는 남자, 장 보면 안 되는 여자   101

06 출근은 언제나 디폴트 값   108

07 듣고 싶은 한마디 말, 고마워   115

3장
내가 가진 가장의 재능, 꾸준함!

01 세금 없는 자산, 꾸준함　　　　　125

02 열등감이 자라면 뭐가 될까?　　　131

03 경험이 무기가 되는 순간　　　　139

04 의미 있는 허드렛일이란　　　　　145

05 그냥, 일단 해보는 거야!　　　　　152

06 꾸준할 때 기회는 선물처럼 온다　160

07 숨겨진 보물, 습관의 재발견　　　168

4장
나를 설렘으로 채우는 7가지 레시피

01 슬기로운 나 사용법   177

02 너한테 관심 없는데?   185

03 오프 스위치 알아채기   192

04 쉿! 귀를 기울여 봐요   201

05 완벽한 사람이 있나요?   208

06 핑크 하트 충전 완료!   214

07 좋은 습관이 행복한 인생에게   221

5장
두근두근 설레는 꿈을 찾아서

01 마흔, 잔잔한 호수에서 대양으로   231

02 메멘토 모리, 카르페디엠   238

03 행복한 미래를 위한 추억 기록   244

04 천 번을 넘어져도 괜찮아   251

05 속도는 중요하지 않아!   258

06 내 인생의 주인공은, 바로 나!   265

07 마침내, 나의 꽃을 맞이할 그 순간   272

1장

가장, 그까이꺼
제가 하겠습니다!

01

용감하고 무모한 그녀,
가장이 되다

"네 믿음은 네 생각이 된다. 네 생각은 네 말이 된다. 네 말은 네 행동이 된다. 네 행동은 네 습관이 된다. 네 습관은 네 가치가 된다. 네 가치는 네 운명이 된다."
간디

삶을 주체적으로 살지 못했던 나

첫 아이 임신 8개월. 나는 외벌이 워킹맘의 길을 선택했다. 무식하면 용감하다고 했던가. 미래에 대한 큰 고민 없이 남편에게 사표를 던지라고 말했다. 회사의 육아 휴직 급여와 국가에서 지급되는 육아 휴직 수당으로 생활하는 데는 큰 문제가 없다고 판단했다. 이 주 뒤, 나는 육아 휴직 중인 외벌이 워킹맘이 되었다. 지금 생각해 보면 세상 물정 모르는 용감한 서른 살 어른 아이였다. 이런 결정은 내 삶을 주체적으로 살지 못했던 지난 시절에 대한 후회 때문이었는지도 모른다.

나에게는 여덟 살 터울의 언니와 두 살 터울의 오빠가 있다. 책을 좋아하는 오빠는 시험 기간에도 손에서 책을 놓지 않았다. 오빠는 학창 시절 공부를 매우 잘해서 엄마의 기대가 무척이나 컸다. 하지만 엄마의 기대가 무너지는 데는 그리 오랜 시간이 걸리지 않았다. 고등학교 2학년이 되자 오빠는 기타와 사랑에 빠지면서 공부에서 완전히 손을 놓아버렸다. 부모님과 오빠의 전쟁이 시작되었고, 나는 뜯어말리는 자와 도망치려는 자의 기나긴 싸움을 지켜보아야 했다. 큰 기대를 품었던 오빠에게서 받은 실망과 상처로 엄마의 시선은 나에게 집중되었다.

나는 초중고 시절 내내 반장, 부반장을 맡아 하던 우등생이었다. 그 당시 임원은 상위권 성적의 아이들만 후보에 오를 수 있었다. 중학교 3학년, 창문 틈 사이로 차가운 바람이 스며들던 어느 날 밤. 엄마가 근심 가득한 얼굴로 나를 불렀다.

"너도 오빠처럼 고등학교 가서 공부 포기할 거면 A 고등학교 가서 취업이라도 잘하는 게 나을 것 같아. 아빠 회사에 그 학교 나온 여직원이 있는데 일도 잘하고 성격도 좋고 똑순이래. 아빠가 엄마한테 항상 칭찬하던 직원이었는데 그 직원이 그 학교를 나왔더라고. 입학원서 써야 하니까 내일 담임 선생님께 여쭤보고 와."

엄마가 시키는 대로만 하던 아이

A 고등학교가 어떤 학교인지 알지 못했다. 나는 그저 말 잘 듣는 딸이었다. 다음 날 학교 수업을 마친 뒤 아무 생각 없이 담임 선생님께 찾아갔다.

"선생님, 엄마가 저 A 학교 원서 넣는다고 필요한 서류 여쭤보라고 하셨어요."
"응? A 학교? 해영아, 교무실에 가서 얘기하자."
"네."

학교 이름을 들은 담임 선생님의 얼굴은 지금도 잊을 수 없다. 선생님의 눈은 외계인을 본 것처럼 휘둥그레졌고, 벌렁거리는 코는 긴급 상황을 감지한 듯했다. 입은 파리 수십 마리가 들어가도 이상하지 않을 만큼 크게 벌어져 있었다.

"해영아, 선생님 질문에 솔직하게 얘기해 줄 수 있니? 혹시 집에 경제적으로 큰 어려움이 생겼니?"

"아뇨. 그런 일 없는데요."

"그럼 혹시, 엄마가 친엄마가 아니니?"

"아뇨. 친엄마 맞는데요."

"그런데 왜 엄마가 갑자기 공부 잘하고 있는 너를 A 학교에 보내려고 하시는 거야? 엄마하고는 얘기해 봤니?"

"네. 3학년 2반에 미연이가 제 이종사촌이잖아요. 이모가 미연이를 그 학교에 보낸다고 하셨나 봐요. 엄마가 저도 그냥 미연이랑 같이 가서 좋은 회사 취업하는 게 나을 것 같다고 하셨어요."

"해영이는 A 학교가 어떤 학교인지는 아니?"

"아뇨. 모르겠어요."

"A 학교는 공고 계열인데 인문계가 아니라 실업계 고등학교에 속해. 그런데 외고 준비하고 있던 네가 여기를 간다고 하니 선생님이 너무 당황스러워. 일단 어머님과 상담해 봐야겠다. 내일 어머님 학교로 좀 오시라고 말씀드려. 그러고 나서 다시 얘기해 보자."

"네. 알겠습니다. 선생님."

나는 실업계, 공고 등의 단어들을 담임 선생님을 통해 처음 알게 되었다. 다음 날, 담임 선생님은 엄마와 긴 상담을 끝내시고 다시 나를 부르셨다.

"해영아, 엄마 의견은 다 들었는데 해영이 의견이 중요할 것 같아. 네 생각은 어떠니?"

"저는 잘 모르겠어요. 그런데 엄마가 가라고 하면 가는 게 좋을 것 같아요."

"그렇구나. 해영이는 어디 가서든 열심히 즐겁게 잘할 아이니까, 해영이 생각이 그렇다면 선생님도 말리지 않을게. 가서 꼭 성공해서 선생님 찾아와."

"네. 알겠습니다. 선생님."

내 나이 열여섯. 고등학교를 선택해야 했던 그 순간, 나는 단 한 가지만 생각했다. '어른들이 다 나 잘되라고 이야기해 주는 거겠지. 잘 안 되라고 이야기하는 사람은 없겠지. 엄마 말 잘 들으면 자다가도 떡이 생긴다고 했잖아!' 어떤 학교인지 깊게 고민하지 않았고 결국 엄마가 제안한 고등학교로 진학했다.

나는 어릴 때부터 엄마가 시키는 대로 잘하는 아이였다. 옷도 엄마가 사다 주는 것만 입고, 학원도 다니라고 하면 다니고 끊으라면 끊었다. 그렇게 해야 착한 아이라고 생각했다. 늘 칭찬받고 싶어서 부모님이 시키는 대로 했다. 그렇다고 항상 칭찬만 받은 것은 아니다.

무색무취 인생의 전환점, 외벌이 워킹맘이 되다!

늘 부모님에게 의존했던 나는 성인이 된 이후, 불편한 점이 많았다. 결혼하고 처음으로 옷을 사러 백화점에 갔다. 매장을 이리저리 둘러보는데 옷을 살 수가 없었다. 결혼 전까지 엄마가 사다 주는 옷만 입어왔던 나는 내가 어떤 색을 좋아하는지, 어떤 디자인이 나에게 잘 어울리는지 한 번도 생각해 본 적이 없었다. 특히나 계절에 맞는 옷감을 고르는 일은 더더욱 어려웠다. 몇 시간 동안 매장을 둘러보며 애꿎은 가격표만 만지작거렸다. 가벼운 마음으로 나선 첫 쇼핑에서 지갑은 열어보지도 못하고 빈손으로 돌아와야 했다.

25년간 엄마 취향에 맞춰 길들여졌고, 그것이 싫다는 생각을 단한 번도 하지 않았다. 내 삶에 내 취향이라는 것이 전혀 없다는 사실을 스물여섯 살이 되어서야 비로소 깨달았다.

나는 부모님이 시키는 대로 살았고, 칭찬받는 것이 좋아 내 삶을 주체적으로 살지 못했다. 스스로 생각하고 결정해 본 적이 없었다. 담임 선생님이 마지막으로 나에게 선택할 기회를 주었을 때, 나는 가지 않겠다고 말할 수 있었다. 하지만 시키는 대로 하는 것이 착한 행동이라고 생각했던 나는 결국 착한 행동을 선택했다. 그것은 엄마의 선택이 아닌 내 선택이었다.

남편에게 퇴사를 권유한 것에 대해 누군가는 나에게 무모하고 용감한 행동이라 말할지도 모른다. 하지만 지금 나는 그때의 내 선택을 후회하지 않는다. 경제적으로도 여유롭지 못할 것이다. 하지만 그 결정은 내가 주체적인 삶을 살아갈 수 있는 중요한 전환점이 되었다. 이제부터 내 삶의 주인공은 나다.

02

사표 내고 와!
내가 있잖아!

사표는 내라고 있는 거야

내 나이 서른. 첫째의 출산을 기다리며 육아 휴직을 즐기던 어느 봄날. PC 알람이 울린다.

띠링!

출근한 남편이다. 매일 반복되는 팀장에 대한 스트레스를 메신저로 풀고 있었다. 출퇴근 시간만 왕복 4시간. 매일 야근에 야식을 반복하다 보니 남편은 결혼 4년 만에 미쉐린(미쉐린 타이어 캐릭터)처럼 되어버렸다. 남편이 극도의 스트레스를 받고 있다는 것을 알고 있던 나는 만삭인 배를 보며 불현듯 이기적인 생각이 들었다.

'저렇게 스트레스받으면서 앞으로 퇴직할 때까지 몇십 년을 어떻게 다니지? 매일 아침 일어나는 게 얼마나 고통스러울까? 건강까지 해치면서 다니느니 그만두고 평생 즐기면서 할 수 있는 일을 찾아보는 것이 더 행복하지 않을까? 다음 달이면 아이도 태어날 텐데 갑자기 쓰러지기라도 하면 어떻게 하지? 아이도 봐야 하고, 간호도 해야 하는데, 내가 과연 다 할 수 있을까? 아니야. 나는 그렇게는 못 할 것 같아.'

나는 회사를 사랑했다. 일을 좋아했고, 사람을 좋아했다. 일을 하고 싶어 주말에도 출근하며 파이팅을 외치던 사람이었다. 이런 내가 회사에 스트레스받으며 출근해야 하는 사람의 고통을 이해한다는 것은 마치 먹어보지도 않은 사과가 맛있다고 이야기하는 것과 같았다. 하지만 남편의 고통을 조금이나마 이해할 수 있는 일들이 내 주변에 일어나고 있었다.

그 당시 함께 근무하던 동료들이 스트레스나 과로로 쓰러지는 일들을 심심치 않게 목격했다. 멀쩡하던 동료가 갑자기 구안와사로 한 달씩 병가를 내기도 하고, 하룻밤 사이에 본인 부고 소식이 들려오기도 했다. 병문안을 가고 장례식장을 오가며 내 머릿속에 한 가지가 강하게 새겨졌다.

'일은 즐기면서 해야 한다. 만병의 근원은 스트레스다.'

　사표를 내고 싶은 마음은 직장인이라면 누구나 한 번쯤은 품어봤을 것이다. 하지만 실제로 실행에 옮기는 일은 쉽지 않다. 특히 기혼자라면 더욱 그렇다. 남편은 몸보다 정신적으로 매우 힘들어했다. 직장 내 인간관계가 너무 어려운 사람이었다. 이직 제의도 받았지만 직장을 옮기더라도 인간관계에 대한 어려움이 나아지지 않을 것 같다고 했다.
　나는 고통스러워하는 남편을 보며 그 고통을 없애주고 싶었다. 더 솔직히 말하면, 남편의 고통을 없애는 것이 나에게 닥칠지 모르는 고통을 피하는 길이라고 생각했다. 일어나지 않은 두려움이 나를 엄습해 오는 순간, 나는 남편에게 메시지를 보냈다.

"여보, 사표 쓰고 와! 내가 있잖아!"

　남편은 내 메시지를 받고 무척 당황한 듯했다. 회사를 그만두겠다는 뜻은 아니었다며 오히려 발을 빼려 했다. 그런 남편에게 나는

"돈은 내가 벌 테니 당신 괴롭히던 팀장에게 쿨하게 사표 던져!"라고 부추겼다. 그리고 앞으로 본인이 잘하고 좋아하는 일, 오래도록 즐기면서 할 수 있는 일을 찾아보라고 말했다. 그러고는 2주 뒤, 남편은 퇴사했다. 그는 쉽지 않은 결정이었을 텐데 흔쾌히 이야기해 줘서 고맙다고 말했다.

글을 쓰기 시작하면서 남편과 함께 지나온 세월을 추억하며 많은 이야기를 나눴다. 지금은 남편으로, 아이들의 아빠로, 주부로서의 삶을 살고 있지만, 퇴사할 때 주부가 될 것이라고는 전혀 예상하지 못했다고 한다. 한편으로는 마음이 불편하면서도 나에게 미안하고 고맙다고 말한다.

내 선택이 모두를 아프게 할 줄은 몰랐다

나는 외벌이 워킹맘 15년 차이다. 그동안 나는 남편에게 맞벌이를 제안한 적이 단 한 번도 없다. 말하지 않은 이유는 두 가지이다. 하나는 퇴사를 제안한 사람이 나였다는 것. 다른 하나는 남편의 자존심과 자존감을 지켜주기 위해서였다. 내가 남편에게 돈 이야기를 꺼내면 그의 자존심뿐만 아니라 자존감까지도 무너질 것 같았다. 보통의 여성 주부들도 다르지 않을 것이다. 주부가 하는 일이라는 것이 티 안 나는 극한 노동이라는 것을 잘 알고 있다.

나도 육아 휴직 동안 매일 아이를 돌보며, 청소, 빨래, 밥을 했었다. 집안일의 노동이 얼마나 힘든지 충분히 공감한다. 오죽하면 옛말에 "애 볼래? 밭 갈래? 물으면 밭일한다고 한다."라는 말이 있겠는가. 어찌 보면 남편에게 월급 한 푼 나오지 않는 극한 직업을 떠안기고, 나는 한가롭게 밭일을 하고 있는지도 모른다. 그러나 이런 결정에 후회하지 않는다. 우리 가족은 평범한 궤도를 벗어난 삶을 살고 있지만, 그 안에서 행복도, 슬픔도, 기쁨도, 아픔도 모두 경험하며 꿋꿋이 살아가고 있다.

가장이 되면서 가장 힘들었던 부분은 경제적인 부분도, 앞으로 나혼자 돈을 벌어야 한다는 사실도 아니었다. 가장 어려웠고 가슴 아팠던 일은 친정 엄마를 이해시키는 것이었다. 나의 용감하고 무모한 도전을 남편이 퇴사할 때까지도 친정에 알리지 못했다. 하지만 한 달 뒤면 첫 아이가 태어날 예정이었기에 계속 숨길 수만은 없었다.

남편이 퇴사한 후 얼마 지나지 않아 친정 부모님께 뜻하는 바가 있어 시험 준비를 위해 퇴사했다고 말했다. 다행히 '왜 그만뒀냐. 애도 나오는데 네가 제정신이냐. 어떻게 먹고 살려고 하느냐!'와 같은 말은 듣지 않았다. 속으로 걱정하셨겠지만 겉으로는 아무 말씀도 하지 않으셨다. 딸은 만삭에 휴직 중인데 사위가 회사를 그만두다니. 일을 해도 모자랄 판에 이 무슨 말도 안 되는 상황이란 말인가. 그럼에도 친정 부모님은 '뜻하는 바'라는 말에 그저 믿어 주신 것 같다.

하지만 엄마의 근심이 믿음을 잠식하는 데는 그리 오래 걸리지 않았다. 2년, 3년이 지나도 사위가 뜻하는 바를 이루었다는 소식이 들리지 않자, 엄마의 걱정은 어느새 태산처럼 쌓여만 갔다.

엄마가 나를 걱정하는 이유는 충분히 알고 있다. 막내딸이 시집가서 가장이 되었으니 얼마나 속상하고 안타까울지 말이다. 엄마의 마음을 온전히 느끼기는 어렵지만, 나도 자식을 키워보니 어느 정도는 알 수 있다. 하지만 나 때문에 잠까지 설치는 엄마를 보는 것이 너무 괴로웠다. 내가 불효하고 있다는 생각에 가슴이 미어졌다. 죄책감 때문에 친정집에 가는 것이 부담스러웠다. 속상해하는 엄마를 보며 장문의 메일을 쓰기도 했다.

딸인 나도 친정집에 가는 것이 편치 않은데 남편은 오죽할까 싶었다. 한동안 나는 친정집에 볼일이 있을 때마다 혼자 다녀오곤 했다. 엄마가 사위에게 눈치를 주거나 속상해하는 모습을 보인 적은 단 한 번도 없었지만, 나는 딸이기에 속상해하는 엄마 마음이 느껴졌다. 남편이 퇴사한 후 엄마 마음을 달래기 위해 10년 동안 내가 할 수 있던 말은 오직 이 한마디뿐이었다.

"엄마. 걱정하지 말아요. 나 힘들거나 불행하지 않아요. 내가 선택한 길이기에 행복하고, 잘 해내고 있어요. 엄마, 아빠가 어떤 어려움이든 잘 이겨낼 수 있도록 너무 잘 키워주셨잖아요. 앞으로도 더 잘해 나갈 테니 저 믿어주세요. 단단한 딸로 잘 키워주셔서 감사해요. 사랑해요. 엄마, 아빠."

나의 무모한 결정이 가족들을 깊은 걱정과 아픔의 소용돌이로 몰아넣을 줄은 꿈에도 몰랐다. 우리 가족만 책임지면 된다고 생각했다. 엄마의 걱정이 사라지고, 내가 엄마를 마주하는 것이 편안해진 것은 불과 5년밖에 되지 않는다. 남편이 퇴사한 이후 10년 동안 엄마는 안타까운 마음으로, 나는 그런 엄마에게 미안함을 안고 힘든 시간을 보냈다. 엄마를 달래는 유일한 방법은 행복하게 잘 사는 모습을 보여주는 것이라고 믿었다. 나는 그 믿음을 주기 위해 꾸준히 노력했다.

오랜 시간이 걸렸지만, 마침내 남편을 비롯한 모든 가족이 서로에게 따뜻한 웃음을 나누는 순간이 찾아왔다. 15년이 흐른 지금 그날의 선택을 되돌아본다. PC 알람이 울렸던 그 순간으로 다시 돌아간다 해도 내 대답은 여전히 변하지 않을 것이다. "사표 내고 와! 내가 있잖아!" 그날의 선택이 우리 가족에게 준 것은 단지 새로운 길이 아니다. 아픔과 불안의 시간을 견뎌낸 우리는 이제 더 강하고 더 단단한 가족이 되었다.

03

슈퍼맨 망토는
천근만근

가장이 되고 나서야 알게 된 아빠의 눈물

아빠는 다섯 남매 중 장남이다. 고작 13살 때 아버지를 여의고 집안의 가장 노릇을 해야 했다. 그 시절에는 공부 잘하는 아이들이 공고와 상고에 진학했다고 한다. 가장으로서 동생들을 뒷바라지해야 했던 아빠는 공고로 진학했고, 졸업과 동시에 대기업에 취업했다. 부모님은 결혼 후에도 10살 넘게 차이 나는 어린 막내 삼촌이 취업하기 전까지 함께 살며 동생들을 돌보셨다. 아빠는 우리 가족뿐만 아니라 동생들까지 책임져야 하는 가장이었다. 그 책임감의 무게는 말로 다 할 수 없을 만큼 무거웠을 것이다.

　나는 어릴 때 가장의 역할이 얼마나 힘든 것인지 알지 못했다. 알수 없었다. 만약 내가 지금도 주부로만 살았다면 아빠가 매일 느꼈을 그 막중한 책임감을 평생 알지 못한 채 살았을 것이다. 한 가족의 가장이라는 이름만으로도 커다란 압박감과 책임감이 밀려온다.

　내가 고등학교 때 아빠는 20년 넘게 몸담았던 회사에서 퇴직하셨다. 젊음을 바친 회사를 떠나보낸 그 날 밤, 아빠의 모습이 아직도 생생하다. 따뜻한 봄날 얇은 양복을 걸치고 귀가하신 아빠는 평소 잘 드시지도 못하는 술을 드시고 오셨다. 인사하러 나온 나를 보시고 "사랑해 우리 딸."이라는 짧은 인사를 건네시고는 차가운 거실에 취한 몸을 누이셨다. 거실 창으로 들어오는 달빛에 어렴풋이 보이는 아빠의 모습. 거실 불을 켤 수 없었다.

　어둠 속에 아빠의 얼굴은 미소 짓고 있었지만 눈가에는 눈물이 흐르고 있는 듯했다. 그날 밤 아빠 모습은 여전히 내 기억 속에 영화의 한 장면처럼 선명하게 남아있다. 고등학생이었던 나는 아빠의 퇴직을 온전히 실감하지 못했다. 차가운 거실 바닥에 누워계신 아빠를 보며 "감사해요. 아빠."라는 말 한마디 건네지 못한 채 방에 들어가 눈물을 흘렸다. 엄마는 애써 눈물을 참으며 아빠를 조심스럽게 깨웠다.

그때는 아빠의 눈물에 담긴 의미를 알지 못했다. 내가 가장이 되고 나서야 비로소 아빠가 흘린 눈물의 의미를 조금 이해할 수 있었다. 오랜 세월을 달려온 끝에 느끼는 시원섭섭함, 미래에 대한 두려움, 가족에 대한 깊은 고마움 그리고 미안함. 그 눈물에는 모든 감정이 뒤섞여 있었던 것 같다. 자식들이 아직 다 성장하지 않은 상황에서 가장의 퇴직은 앞으로의 생계를 걱정해야 할 만큼 현실적인 문제였다.

평생 주부였던 엄마는 아빠의 퇴직과 함께 생활 전선에 뛰어들었다. 남편을 뒷바라지하며 주부로만 살아오느라 특별한 기술이 없던 엄마는 가족을 위해 대학병원의 VIP 병동에 환경미화원 일을 시작했다. 힘들고 고된 일에도 불구하고 엄마는 묵묵히 자신의 역할을 다하고 있었다. 다행히 아빠는 퇴직 후 6개월 만에 중견 건설사에 재취업하게 되었다. 하지만 아빠의 재취업 소식에도 엄마는 2년 동안 일을 멈추지 않았다.

아빠의 퇴직으로 가장 역할을 처음 경험하게 된 엄마는 그 책임감을 크게 느꼈던 것 같다. 그때의 고된 노동으로 인해 엄마는 손목, 무릎, 어깨 통증으로 수십 년째 고생하고 계신다.

부모님은 70세가 훌쩍 넘은 지금도 여전히 삶의 현장에서 활기차게 일을 하신다. 엄마는 공립 어린이집에서 아이들을 돌보는 보조 교사로, 아빠는 동네 안전을 지키는 지킴이로. 엄마가 어린이집에서 힘들지 않을까 걱정이 되기도 한다. 하지만 아이들로부터 받는 에너지와 사랑을 이야기하며 행복해하는 엄마를 볼 때마다 내 마음이 한결 놓인다.

언제나 그대로일 것만 같았던 엄마 아빠의 얼굴에 세월의 흔적만큼 깊이 새겨져 가는 주름을 볼 때면 마음 한편이 아려온다. 그 주름 속에는 우리 가족을 위해 견뎌낸 수많은 날과 삶의 무게들이 고스란히 담겨 있다. 나는 엄마 아빠가 조금 더 편안하게 쉴 수 있도록 짐이 되지 않는 자식이 되려고 노력할 뿐이다.

가장은 혼자만의 것이 아닌 모두의 것이다

나는 스노보드 타는 것을 좋아한다. 아이가 태어나기 전에는 매년 겨울이 되면 남편과 함께 스키장으로 떠나 겨울 스포츠를 만끽하곤 했다. 아이들과 함께 스키장에 갈 날을 손꼽아 기다리며 아이들이 빨리 자라길 바랐다. 마침내 그날이 찾아왔다. 아이들이 스키 강습을 받는 동안 나는 남편과 번갈아 가며 스노보드를 즐겼다.

눈 덮인 산의 상급 코스를 내려오며 속도를 즐기던 중 눈앞에서 스키어와 스노보더가 충돌하는 사고를 목격했다. 큰일이 아니길 바라며 그냥 지나쳤다. 점심을 먹기 위해 들른 식당에서 우연히 옆자리 사람들의 이야기를 듣게 되었다. 오전에 있었던 사고에서 한 사람이 사망했다는 이야기였다. 직접 목격한 사고가 바로 그 사고라는 사실을 알게 된 순간 내 마음이 얼어붙었다.

가슴이 먹먹해졌다. 뒤이어 밀려온 죽음에 대한 두려움은 나를 완전히 압도했다. 스키장에서 발생하는 사고는 교통사고와 비슷하다. 내가 아무리 조심스럽게 타더라도 주변 사람들과의 돌발 상황을 예측하기 어렵다. 나 역시 그 끔찍한 사망 사고의 당사자에서 예외일 수 없다는 사실이 나를 짓누르며 두려움의 나락으로 이끌었다. 그 일이 있고 난 뒤 나는 더 이상 스노보드를 타지 않는다. 아니 탈 수가 없다.

나는 우리 집 가장이다. 가장이라는 존재는 자신의 신체조차도 혼자만의 것이 아니다. 내가 아프거나 다치거나 정신이 온전하지 못하면 힘들어지는 것은 나뿐만이 아니다. 가장이라는 이름은 나 자신뿐만 아니라 내 가족을 위해서도 건강한 신체와 올바른 정신을 유지하며 살아가게 해 준다.

나는 올림픽대로를 달릴 때마다 울렁증을 느낀다. 운전 경력이 20년도 넘었고 도로에 대한 두려움도 없지만, 유독 밤에 달리는 올림픽대로에서는 불현듯 죽음에 대한 공포가 엄습해 온다. 8차선 도로 위에서 속도감을 느낄 새도 없이 지나가는 차들을 보면 흰색 차선이 마치 흩어진 리본처럼 보인다.

지금 내가 달리고 있는 이 도로가 현실인지 아니면 레이싱 게임 속 한 장면인지 혼란스럽기까지 하다. '쌩쌩 달리는 차들이 내 차를 들이받으면 어떻게 하지? 실수로 내가 앞차를 박으면 어떻게 하지? 이렇게 달리면 조금만 부딪혀도 죽을 것 같은데?' 수많은 생각이 올림픽대로를 빠져나오는 순간까지 머릿속에 뒤엉킨다.

경제력을 홀로 책임지고 있는 가장에게는 죽음이라는 두려움이 몇 배로 다가온다. 나의 부재가 가족에게 미칠 영향을 생각하면 가슴이 먹먹해진다. 두려움은 나를 우울하게 만들기도 하지만 동시에 나를 변화시키기도 한다. 가장으로서 간헐적으로 느껴지는 죽음에 대한 두려움은 삶에 대한 긴장의 끈을 더욱 단단하게 당기게 하며 나를 자극한다.

망토는 걸치기만 하면 되는 거 아니야?

김민영 작가의 『삶의 무게를 줄이는 방법』에서 상어 이야기를 읽은 적이 있다. 물고기는 몸속에 부레라는 공기주머니를 가지고 있어 공기의 양을 조절함으로써 끝없이 가라앉지 않고 물속에서 자유롭게 헤엄칠 수 있다. 그러나 상어에게는 부레가 없다. 그들은 가만히 있으면 물에 가라앉아 죽고 만다. 상어는 생존을 위해서라도 끊임없이 지느러미를 움직이고 꼬리를 저어야만 하는 것이다. 심지어 자면서도 움직임을 멈춰서는 안 된다.

태어나 보니 물고기가 두려워하는 바다의 최강자가 되어버린 상어. 바다의 제왕이라는 영광스러운 이름을 가지고 있지만 부레 없는 운명은 상어가 죽을 때까지 감내해야 할 숙명이다. 나는 상어를 보며 나처럼 용감하게 가장을 자처한 사람들, 자연스럽게 외벌이 가장이 된 사람들이 떠올랐다. 상어의 숙명은 지금 이 순간에도 묵묵히 삶을 헤쳐 나가는 이 시대의 모든 가장의 모습과 너무나 닮아 있었다.

예전에는 회사만 열심히 다니면 노후가 편안할 거라 믿었다. 그러나 100세 시대가 도래하면서 퇴직 이후의 삶은 너무도 길어졌다. 통계청 발표에 따르면 우리나라의 비자발적 퇴직 연령은 평균 49세라고 한다. 비자발적 퇴직이란 법정 정년이 아닌 권고사직이나 명예퇴직 형식의 퇴직을 말한다. 이는 퇴직 이후 무려 50년을 더 살아가야 한다는 뜻이다. 갑작스럽게 맞이한 긴 여정. 퇴직 후 50년을 어떻게 채울 수 있을까? 이 물음은 나를 깊은 생각에 잠기게 했다.

시대가 변하면서 우리는 부모님 세대와는 또 다른 삶의 무게를 짊어지고 살아가고 있다. 김민영 작가는 책을 통해 삶의 무게에 눌려 버티기 힘들 때 잠깐이나마 몸과 마음을 고된 삶으로부터 떠오르게 해줄 '부력'이 필요하다는 메시지를 전했다. 책을 읽고 나는 자신만의 부력이 필요하다는 것을 깨달았다. 그렇게 나는 가장으로서 삶의 무게를 조금이라도 가볍게 만들어 줄 나만의 부력 세 가지를 찾았다.

첫째, 일어나지 않은 일은 걱정하지 않는다. 미래의 불확실성에 대한 걱정은 나를 짓누르지만, 나는 그것이 불필요한 무게임을 깨달았다. 지금, 이 순간에 집중하며 살아가는 것이 중요하다. 둘째, 책임감을 조금 내려놓는 연습을 하자. 모든 것을 완벽하게 해내려는 부담감을 내려놓아야 한다. 그것이야말로 나를 자유롭게 하고 삶을 더 풍요롭게 만들 수 있을 것이다.

마지막 셋째, 힘들 땐 옆에 있는 사람에게 도움을 청하자. 도움을 요청하는 것은 약함이 아니라 서로를 지탱해 주는 강한 연결고리이다.

어렸을 때 아빠는 멋진 망토를 두른 슈퍼맨 같았다. 그 망토의 무게가 천근만근이라는 것을 알지 못했다. 그저 망토를 걸치기만 하면 되는 줄 알았다.

가장, 그까이꺼 제가 하겠습니다!

어쩌다 '맞벌이 가면'을 썼다

> "내면의 용기를 발견하는 순간, 모든 것이 가능해진다." J.K. 롤링

내가 만든 맞벌이 가면

지점 근무는 평균 4년 내외로 이동해야 한다. 오래된 물은 썩기 마련이기 때문이다. 지점을 이동할 때마다 새로운 직원들과 낯선 환경에서 근무하게 된다. 발령이 나면 마치 새 학교에 전학 온 것처럼 떨리기도 하고 설렌다. 그리고 점심시간에는 어김없이 호구 조사가 시작된다. 결혼은 했는지, 남편은 같은 은행 직원인지, 아이들은 몇 살인지, 성별은 어떻게 되는지, 집은 어디인지 등 다양한 질문들이 쏟아진다.

첫째 아이 출산 후 복직했을 때 일이다. 곧 있을 호구 조사에서 나

는 남편의 직업에 대해 어떻게 대답해야 할지 고민이 됐다. '솔직하게 주부라고 말해야 할까? 아니면 그냥 회사 다닌다고 할까?' 불시호구 조사 전까지 혼자 예상 질문들을 만들어 본다. 슬픈 예감은 틀린 적이 없다. 복직 후 일주일 정도 지나자 15분의 짧은 점심시간 동안 예상 질문들이 쏟아졌다.

과거에는 은행 직원들끼리 결혼하는 일이 많아서 은행에서는 남편에 대한 질문을 할 때 "신랑도 우리 은행 직원이에요?"라고 묻는다. 예상 질문지를 만들었음에도 불구하고 권투선수 스파링처럼 훅 들어오는 질문에 생각할 새도 없이 "아뇨, 다른 회사 다녀요."라고 대답했다. 순간적으로 마음이 철렁했지만 다행히 남편에 대한 질문은 더 이상 없었다. 무거운 짐을 내려놓은 듯 마음이 편해졌다.

은행은 소문이 빠르게 퍼지는 곳이다. 아침에 서울에서 생긴 이슈가 지방까지 전해지는 데 오전 시간이면 충분하다는 우스갯소리가 나올 정도다. 지점을 이동하면서 근무하다 보니 한두 다리만 건너면 대부분의 인맥이 연결된다. 물론 남편이 주부라는 사실이 전 직원에게 소문날 만큼 큰 이슈는 아니지만 남의 말을 좋아하는 사람들은 어디에나 있기 마련이다.

점심을 같이 먹는 직원들은 고작 서너 명뿐이다. 남편을 주부라고 말한 뒤 양치하고 자리에 앉는 순간 나의 이야기는 지점 사람들 모두 알게 될 것이다. 남편이 주부라는 사실을 밝혔을 때 사람들의 반응을 대략 짐작할 수 있었다.

질문은 멈추지 않고 꼬리에 꼬리를 물어 나를 힘들게 할 것이 분명했다. 사람들의 입에 오르내리며 마음대로 상상하고 평가되는 것이 싫었다. 그렇게 나는 복직한 첫 지점에서 내가 만든 '맞벌이 가면'을 썼다. '맞벌이 가면'은 가십으로부터 나를 보호하기 위한 방패였다.

허물 수 없는 편견이라는 벽

어쩌면 나 혼자 상상의 나래를 펼치는 걸 수도 있다. 죄를 지은 것은 아니지만 나 스스로 남편을 숨겼다. 그 이후로 나는 10년 넘게 맞벌이 가면을 쓰고 지냈다. 이제는 몇몇 직원들이 내가 외벌이라는 것을 알게 되었다. 직원들과 산책하며 자연스럽게 남편이 주부라고 이야기했다. 남편의 직업을 회사 사람들에게 얘기한 건 10여 년 만에 처음이었다. 나와 친분이 있는 사람들의 반응은 정확히 두 가지로 나뉜다. 남편을 부럽다고 하는 사람들과, 나를 대단하다고 하는 사람들.

오래전 지점장님과 면담할 때의 일이다. 업무에 대한 이야기가 모두 끝나고 지점장님이 잠시 머뭇거리시더니 조심스럽게 질문하셨다.

"남편분은 아직 집에 계시나?"

나는 지점장님이 내가 외벌이라는 사실을 알고 있는지 몰랐다. 그는 안타까운 마음으로 질문한 것 같았다. 내심 당황했지만 당황한 티를 내기 싫어 자연스럽게 미소 지으며 "네."라고 대답했다.

"혼자 벌면 힘들지 않아?"
"네, 힘들지 않아요. 지점장님도 혼자 버시잖아요. 그런 거 생각했으면 그만두라고 말하지도 않았겠죠. 괜찮습니다."

면담을 끝내고 자리까지 걸어오는 내내 마음이 복잡했다. 어떻게 힘들지 않을 수 있겠는가. 누구나 다 힘든 건 마찬가지다. 하지만 내가 정말 힘들었다고 해도 힘들다고 대답하고 싶지 않았다. 여자 가장에 대한 편견이 나에게는 편치 않았다. 만일 내가 남자였다면 같은 질문을 받았을까? 내가 너무 예민한 걸 수도 있다. 하지만 사회적 편견이 존재한다고 생각하는 데는 나름의 이유가 있다.

발령받아 이동한 곳에서 상사와 점심을 먹게 되었다. 집이 어디냐는 질문에 대답하자 상사는 나에게 이렇게 이야기했다. "외벌이 소녀 가장도 아니고 맞벌이일 텐데 왜 그 동네에 살지? 애들 교육하려

면 빨리 이사 와야겠네! 그 동네 있지 말고 무리해서라도 빨리 이사
와요."

나는 아무 대답도 하지 않았다. '내가 강남에 빌딩이라도 있으면
어쩌려고 저런 조언을 하지?'라는 생각과 함께 여전히 우리 사회는
기혼 여성을 당연히 맞벌이라고 생각하는 고정관념이 뿌리 깊다는
것을 새삼 느꼈다.

외벌이 초기에 행정 업무를 처리하면서 사회적 편견을 경험한 적
이 있다. 남편이 금융 거래를 위해 개인 정보를 입력하고 있었다. 직
업 선택 버튼을 눌러 화면 아래쪽으로 한참 내려왔지만 '주부'라는
항목은 보이지 않았다. 내 화면에서는 분명히 주부가 보였지만, 남
편 화면에는 '무직'뿐이었다. 콜센터에 문의하자 돌아온 대답은 충
격적이었다. 남성에게는 주부 항목이 없다는 것이다.

여성에게는 주부라는 직업이 허용되지만 남성에게는 무직만 허용
되는 사회. 남편도 여느 가정주부와 마찬가지로 가정을 돌보며 중
요한 역할을 하고 있음에도 불구하고, 이 시대의 남자 주부들은 모
두 '무직'이라는 이름으로 살아야 한다는 사실을 믿을 수가 없었다.
그 순간, 나는 남자 주부가 사회적으로 얼마나 인정받지 못하는 위
치에 처해 있는지를 절실히 느꼈다.

육아 카페를 통해 육아 정보를 얻고 싶어도 남편은 여성이 아니

라는 이유로 가입할 수 없었다. 결국 내가 가입하고 남편이 정보를 검색할 수밖에 없는 현실에 우리 가족이 비정상적인 가족으로 느껴졌다. 서울대학교 이봉주 사회복지학과 교수는 전통적인 성 역할에 대한 인식 때문에 남성 전업주부에게 차별적인 요소가 존재한다고 말했다. 또한 가장의 책임을 지지 않는다는 낙인 효과도 있을 수 있다고 이야기했다.

실제로 이 낙인 효과가 남성 주부들을 더 꼭꼭 숨게 만드는 것 같다. 가끔 TV에서 남편과 같은 주부 아빠들의 일상을 보여주는 영상을 볼 때면 서로에게 힘이 되어줄 수 있는 공간의 필요성을 느끼기도 한다.

회사에 내가 외벌이라는 사실을 오래전부터 알고 있는 직장 동료가 있다. 그분은 한때 나를 소녀 가장이라 불렀다. 그 말이 기분이 나쁘진 않았다. 오히려 소녀라고 표현해 주니 어려진 것 같아 기분이 좋기도 했다. 하지만 반대로 남자 외벌이에게 소년 가장이라고 하지는 않는다. 사람들은 여자가 가장이라고 하면 안타까운 마음이 드나 보다.

나도 주변 사람들에게 "친정 부모님이 속상하시겠네.", "시부모님이 너 업고 다녀야겠다."와 같은 이야기를 많이 들었다. 내가 사회생활을 시작했던 시절은 주 5일 근무를 시행하기 전이다. 그때는 회사에도 남자 외벌이가 꽤 많았다. 가끔 대리님이나 과장님들이 집에 일이 생겨 급하게 휴가를 내야 할 때면 상사들은 꼭 한소리를 했다.

"갑자기? 와이프는 집에서 뭐하고?"

남자 외벌이는 상사들의 이런 핀잔을 듣기 싫어 애초에 이야기를 꺼내지 않았다. 어떻게 해서든 와이프에게 해결하도록 했다. 정당하게 쓸 수 있는 휴가도 눈치를 보면서 가야 했고, 일주일 휴가를 쓰는 일은 상상도 할 수 없었다. 이런 분위기 속에서 오랜 시간 근무하다 보니 나도 "남편은 집에서 뭐하고?"라는 말을 듣는 것이 두려웠다.

지금도 1년에 한두 번 아이들 학교 방문을 위해 휴가를 내면 주변 사람들은 아이들이 학교에서 큰 사고를 친 줄 안다. 그럴 때마다 여전히 마음 한편이 씁쓸하다. '맞벌이 가면'을 쓴 것은 나의 선택이었지만 여전히 사회 깊숙이 남아 있는 편견은 여성 외벌이임을 드러내는 데 어려움을 준다. 보통의 남자 외벌이 가정과 다를 것 없는 가족이지만 모든 것이 조금 더 어렵게 느껴진다.

인생은 누구도 예측할 수 없다. 지금은 내가 외벌이로 일하고 있지만 언제든지 역할은 바뀔 수 있는 것 아닐까? 사회적 편견에도 불구하고 나는 글을 쓰면서 진정한 내 모습에 더 당당하고 솔직해지려고 한다. 나와 같은 상황의 외벌이 워킹맘들이 편견 따위는 쓰레기통에 던져버리고 그들만의 멋진 인생을 만들어 가기를 진심으로 바란다.

나처럼 '맞벌이 가면'을 써왔던 외벌이 워킹맘이 있다면, 이제 가면을 벗어 던질 수 있는 용기를 내라고 말하고 싶다. 우리는 모두 한 가족을 책임지고 있는 멋진 사람이라고. 주부 남편 덕분에 우리 가족이 행복할 수 있고, 이 행복의 기운이 사랑스러운 우리 아이들에게도 고스란히 전해질 거라 믿는다. 나는 진심으로 멋진 그녀들을 응원한다.

05

나는야 자아도취
프로일잘러

나눔과 베풂으로 배운 진정한 행복

첫째 아이 출산 후, 지점에 복직하자마자 스마트폰 앱 설치 프로모션이 진행되었다. 스마트폰 보급 초창기였지만 나는 기계를 잘 다루는 편이라 스마트폰 조작이 어렵지 않았다. 2주 동안 진행된 프로모션에서 나는 좋은 성적을 거두었다.

포상으로 은행장 표창이 나왔다. 은행장 표창은 인사 카드에 기록되고 승진 시 가점이 있다. 승진할 시기는 아니었지만 입행 후 처음 받는 표창에 나는 들떠 있었다. 지점장님이 마감하고 있는 나를 불렀다. 표창 관련 이야기일 거라 생각하며 설레는 마음으로 지점장님 방에 들어갔다.

"해영 대리. 복직하자마자 열심히 해줘서 고마워요. 앞으로도 잘
부탁합니다."

지점장님의 칭찬과 응원에 승천하는 나의 입꼬리를 주체하지 못했
다. 입꼬리를 씰룩거리고 있는 나에게 지점장님이 말씀을 이어갔다.

"해영 대리가 이번 프로모션에서 우리 지점 압도적 1등이라는 건
자료를 봐서 잘 알고 있어요. 그런데 말입니다. 지금 지점에 큰언니
가 승진해야 하거든요. 이번에 나오는 표창을 해영 대리가 좀 양보
해 줄 수 있겠어요?"

솔직히 당황스러웠다. 처음 받는 표창에 한껏 기대하고 있었기에
그 짧은 순간에 서운한 마음이 컸다. 하지만 나는 타인의 시선을 두
려워하는 사람이었기 때문에 거절할 용기도 없었다. 마음속의 갈등
은 뒤로하고, 처음부터 내 것이 아니었다고 생각하며 언니에게 양
보하기로 했다.

나름대로 쿨하게 양보하고 지점장님 방을 나와 내 자리로 걸어가

는 동안 마음이 복잡했다. 하지만 이내 나는 스스로에게 잘했다고 칭찬해 주었다. '잘했어, 오해영! 너는 복직한 지 몇 개월 안 됐잖아! 앞으로 근무할 날이 더 많은데 열심히 해서 또 받으면 되지! 언니도 너한테 고마워할 거야. 네가 베푼 만큼 너도 귀인을 만나는 날이 반드시 올 거야!' 스스로에게 무한 칭찬을 보내고 나니 서운한 마음이 조금씩 사라졌다.

언니는 다음 해에 승진했고, 내 양보를 의미 있게 만들어 준 지점장님께 감사했다. 만약 내가 표창을 양보하면서 '선의를 베풀었으니, 언니도 나에게 무언가를 해주어야 해!'라고 생각했다면 양보한 그 순간부터 나 스스로가 괴로웠을 것이다. 언니는 고마움의 표시로 맛있는 저녁을 사주었고 나는 언니에게 의미 있는 추억을 선물받은 것으로 충분했다. 이 경험을 통해 진정한 행복은 나눔과 베풂에서 온다는 것을 깨달았다.

너 혼자 다 먹으면 탈 난다!

승진하기 직전의 일이다. 은행에 입행한 이후 출납, 상담 창구, VIP 창구만 10년 넘게 해 온 터라 여신 업무는 한 번도 경험해 보지 못했다. 시켜줄 때까지 기다리고만 있을 수 없었던 나는 VIP 고객을 대상으로 가장 쉬운 대출 업무를 시작하기로 결심했다. 아무도 시키지 않았고 순전히 내가 하고 싶어 시작한 일이었다. 처음 해

보는 업무라 시간은 좀 걸렸지만 온몸으로 부딪히며 하나씩 도전했다. 마치 새로운 미션을 클리어하는 것처럼 한 걸음 한 걸음 나아가는 과정이 흥미진진했다. 몇 번이고 반복하다 보니 처음보다 훨씬 수월해졌다.

그러던 어느 날, 특정 직업군을 대상으로 한 대출 상품이 출시됐다. 직원 중 한 명이 직업군이 근무하는 곳에 출장을 가야 했다. 대출 담당자는 1명이라 출장을 갈 수 없었다. 지점장님이 나를 부르셨다. "해영 대리, 갈 수 있지?" 지점장님은 마치 비밀 요원을 호출하듯 말씀하셨다. 드디어 나에게 대출 업무를 할 수 있는 기회가 주어졌다. 출장지에서 혼자 고객을 응대하는 것이 조금 겁도 났지만, 그 두려움마저 새로운 도전의 일부라고 생각하니 오히려 설레었다.

낮에는 출장지에서 근무하고 마감 시간이 되면 그날 받은 신청 서류를 들고 지점으로 돌아왔다. 진짜 업무는 그때부터 시작이었다. 고객 정보를 전산에 입력한 뒤 고객에게 결과를 안내하고 다음 날 서류에 서명을 받아야 했다. 첫날 업무를 마치고 나니 밤 10시가 훌쩍 넘었다. 배고픈 줄도 모르고 콧노래를 부르며 일했다. 내가 진정으로 하고 싶었던 일을 경험하고 있으니 시간 가는 줄 몰랐다. 밤늦게 집으로 돌아가는 차 안. 라디오에서 흘러나오는 노래가 나의 하

가장, 그까이꺼 제가 하겠습니다!

루를 더욱 특별하게 만들어 주었다.

"우리 힘들지만 함께 걷고 있었다는 것, 그 어떤 기쁨과도 바꿀 수는 없지. 복잡한 세상을 해결할 수 없다 해도 언젠가는 좋은 날이 다가올 거야. 살아간다는 건 이런 게 아니겠니, 함께 숨 쉬는 마음이 있다는 것. 그것만큼 든든한 벽은 없을 것 같아, 그 수많은 시련을 이겨내기 위해서."

가수 박광현의 〈함께〉라는 노래였다. 그 당시 지점에는 나와 직급이 다른 후배 4명도 승진 대상이었다. 모두 친한 후배들이었고 나보다 승진에 더 목말라 있었다. 후배들을 생각하니 가사가 내 마음에 더 와닿았다. 내일부터 출장 업무를 후배들과 함께해야겠다고 마음먹었다. 신규 대출 업무는 개인 실적과 지점 실적으로 인정된다. 출장 업무를 혼자 다 하면 내가 승진하는 데 큰 도움이 된다는 것은 직원 모두가 다 아는 사실이다.

하지만 우리는 어렸을 때부터 배워왔다. 맛있는 음식을 혼자 먹다가 배탈 나던 욕심쟁이들의 결말을. 하루 종일 마음 편히 출장을 다녀올 수 있는 것은 나 대신 고객을 처리해 주는 고마운 직원들의 배려 덕분이다. 내게 주어진 기회였지만 직원들과 함께 나누어야겠다고 생각했다.

다음 날 아침. 출장 전 후배들을 내 방으로 불렀다. 후배들은 대출 업무를 전혀 해보지 않은 상황이었다. 그들에게 내가 받아온 신규 건들을 나눠서 하면 승진에 조금이나마 도움이 될 것 같다고 이야기했다. 대출 업무 중 쉬운 편이고 전산 처리는 1건당 15분 정도밖에 걸리지 않으니 직접 가르쳐 주겠다고 했다. 다만, 전산을 배우는 것이 귀찮은 사람이 있다면 배우지 않아도 실적을 인정받도록 해주겠다는 파격 혜택도 제안했다.

후배들은 다행히 나의 진심을 알아주었다. 네 명 모두 업무 마친 후 전산을 배우러 오겠다고 약속했다. 그들의 눈빛에서 열정이 느껴져 오히려 내가 고마웠다. 후배들은 약속한 시각에 노트와 볼펜을 손에 쥐고 내 자리로 몰려왔다. 혼자 했으면 매일 평균 15건이 넘는 업무로 밤늦게까지 야근했을 것이다. 하지만 후배들과 나누었더니 한 사람이 처리하는 건수는 고작 3~4건 정도였고 한 시간 안에 모두 마칠 수 있었다.

야근이 끝나고 우리는 떡볶이와 순대를 먹으며 행복한 시간을 보냈다. 지금도 그때를 생각하면 낙엽만 굴러가도 웃음이 끊이지 않는 여고생들의 모습이 떠오른다. 그렇게 나는 후배 한 명과 함께 승진에 성공했다.

일을 잘한다는 것은 단순히 업무 능력만으로는 부족하다. 좋은 인간관계를 맺고 잘 유지하는 것도 필요하다. 업무는 꾸준히 하다 보면 누구나 어느 정도 성과를 거둘 수 있다. 하지만 좋은 인간관계를 오래 유지하는 것은 쉬운 일이 아니다. 모든 사람과 다 잘 지낼 필요는 없다. 하지만, 서로 믿고 의지할 수 있는 동료가 단 한 명이라도 있다면 직장 생활에서 큰 힘이 된다.

만약 그 일을 나 혼자 다 했더라도 승진이 보장되는 것은 아니었다. 내가 승진을 할 수 있었던 결정적인 이유는 나의 진심을 알고 함께 노력해 준 후배들과, 함께 성장하려고 노력하는 모습을 알아봐 주신 지점장님 덕분이었다. 나의 성장은 인간관계에서 비롯되었다고 해도 과언이 아니다.

좋은 관계가 없다면 내 삶에 좋은 경험도 쌓기 어렵다. 모든 인간관계는 나로부터 시작된다. 사람들과 좋은 유대감은 나를 더 나은 프로일잘러로 성장시키는 뿌리인 셈이다.

06

전략은
나의 믿음 위에 세운다

"스스로를 신뢰하는 순간, 어떻게 살아야 할지 깨닫게 된다."　괴테

지혜로운 부모가 될 것이라는 믿음

나는 은행에 계약직으로 입사했다. IMF 당시 노동법 개정으로 비정규직 고용 제도가 도입되어 2000년 초반에는 대부분의 기업이 비정규직을 채용하여 고용 인력을 확대하고 있었다. 학력이 다소 부족했던 나는 대기업 정규직은 꿈도 꿀 수 없었다. 서울의 4년제 대학을 졸업한 친구들조차도 정규직 취업이 어려워 비정규직을 지원할 정도였다. 서류 전형과 면접을 거쳐 계약직으로 입사한 뒤, 입사 3년 차에 지금의 남편과 결혼했다. 결혼하면서 나는 남편에게 단호하게 선언했다. "정규직 전환까지는 아이를 갖지 않겠어!"

내게 주어진 정규직 전환의 기회는 단 세 번뿐이었다. 정규직 전환만 된다면 이 세상을 다 가질 수 있을 것만 같았다. 계획하지 않은 임신으로 내 꿈을 포기할 수는 없었다. 세 번의 기회에서 모두 실패하면 그때 아이를 갖기로 약속했다. 마치 내가 외벌이가 될 것을 예견이라도 한 듯 출산까지 미뤄가며 정규직이 되고 싶었다.

나는 두 아이 모두 철저한 계획하에 임신했다. 첫째를 낳고 어느 정도 아이 키우는 경험이 쌓인 시점에 세 살 터울의 둘째를 계획하고 출산했다. 이렇게 계획한 데는 언니의 영향이 있었다. 나보다 여덟 살 많은 언니는 나와 같은 나이에 결혼하고, 같은 나이에 첫째를 낳았다. 그리고 또 같은 나이에 둘째를 낳았다. 언니와 나 모두 아들 둘 엄마인 점도 신기하다. 언니의 경험을 바탕으로 나도 언니처럼 계획하고 아이를 낳으면 좀 더 수월할 것 같았다.

물론 인생이 항상 계획대로 되는 것은 아니다. 아이가 생기지 않아 시험관 아기를 몇 년간 시도하던 여자 선배들, 10년 만에 어렵게 아이를 얻은 팀장님, 아이가 생기지 않아 체념하고 살아가는 선배들도 보았다. 그런 가슴 아픈 분들을 생각하면 생명이 내게 찾아와 준 것에 진심으로 감사하게 된다.

한 아이의 부모가 되는 것은 경이로운 일이기도 하지만, '아이가 건강하게 잘 태어날까?', '내가 아이를 잘 키울 수 있을까?'하는 생각에 두려움이 앞서기도 한다. 특히 맞벌이거나 도움받을 수 있는 사람이 없을 땐 그 두려움이 배가 되기도 한다.

출산 계획을 세운 두 가지 이유가 있다. 첫째는 정규직 전환으로 안정적인 직장에 다니며 아이를 키우고 싶었다. 두 번째는 지혜롭고 책임감 있는 부모가 되기 위한 마음가짐을 갖춘 뒤 아이를 키우고 싶었다. 솔직히 부모가 되는 것이 어떤 기분일지 실감이 나지 않았다. 너무나 막연했다.

내가 할 수 있는 일은 두 가지뿐이었다. 하나는 육아 서적을 읽으며 '나는 아이를 잘 키울 수 있는 사람'이라는 것을 끊임없이 내 머릿속에 각인시키는 것. 다른 하나는 나를 키워주신 부모님을 회상하며 행복했던 순간들을 기억하고, 부족한 부분은 어떻게 채울지 계획을 세우는 것이었다.

첫째 아이가 태어나고 육아를 하면서 "아이 한 명을 키우는 데 온 마을이 필요하다."라는 옛말을 실감했다. 부부가 함께 잘할 수 있다는 마음가짐으로 양육했지만, 하루하루가 좌충우돌의 연속이었다. 계획 없이 아이를 낳아 키운다는 것은 매 순간이 위기일 것 같다는 생각이 들었다. 물론 내 주변에는 계획 없이 아이를 낳았어도 사랑으로 잘 키우고 있는 부모들도 많다. 그들은 각자의 성향에 따라 상황에 대처하며 아이에게 최선을 다하고 있었다. 다만, MBTI가 J인 나는 출산도 계획적으로 해야 마음이 편했다.

 하나의 생명을 탄생시켜 젖을 물리고, 독립적인 인간으로 키우는 과정은 여자가 경험할 수 있는 일 중 가장 고귀한 일이라고 생각한다. 자식으로부터 느끼는 행복, 자식에게 안 좋은 일이 생겼을 때 느끼는 고통은 이 세상 어떤 행복과 고통과도 비교할 수 없다. 뉴스에서 아이를 살해한 부모 소식을 들을 때마다 너무 충격적이고 안타깝다.

 '계획된 출산이 계획하지 않은 출산보다 중요하다.'라고 이야기하는 것이 아니다. 중요한 것은 어떤 부모가 될 것인지 깊이 고민하고, 내가 줄 수 있는 사랑을 온전히 줄 수 있다는 나에 대한 믿음을 갖는 것이다.

육아 휴직은 단순한 쉼 이상의 의미

 첫째를 임신한 지 7주째. 회사에서 갑작스러운 하혈을 겪고 급하게 육아 휴직을 신청했다. 의사는 유산 방지 주사를 놓으며 화장실도 가지 말고 무조건 누워있으라고 경고했다. 유산이라는 단어에 펑펑 울며 일주일 동안 거의 움직이지 않았다. 휴직을 들어오자마자 입덧이 시작되었다. TV에서나 보던 입덧 장면을 직접 경험하는 순간이었다. 너무 괴로웠다. 먹고 토하고를 셀 수 없이 반복했다.

집에서 움직이지도 않고 특별히 할 일이 없어서인지 입덧은 더욱 가라앉지 않았다. 내 평생 다시 없을지도 모르는 육아 휴직을 마음껏 즐기고 싶었지만 입덧의 고통으로 문밖에는 한 발짝도 나갈 수 없었다. 입덧을 잠재울 무언가가 필요했다. 마치 한 달은 굶은 하이에나처럼 입덧을 멈출 방법을 찾기 시작했다.

입덧과의 전쟁 속에서 한 가지 해결책을 찾았다. 바로 자격증 공부였다. 은행에서 근무하려면 필수 자격증들이 필요하다. 퇴사하면 쓸모없는 것들이지만 근무하는 동안에는 꼭 필요했다. 인터넷 강의를 듣고 문제를 풀며 한 가지에 집중하다 보니 그 시간만큼은 입덧의 고통도 잠시 잊을 수 있었다. 몇 개월간 입덧 잠재우기용 시험 공부를 마치고 만삭의 몸으로 시험장에 가서 약 네 시간 동안 시험을 치렀다. 만약, 회사에서 근무하며 공부했다면 매일 저녁 피곤함에 시달렸을 것이고 아마도 오랜 시간이 걸렸을 것이다.

휴직 기간을 이용한 덕분에 빠르게 목표를 달성할 수 있었다. 이 경험을 통해 '자격증은 육아 휴직 기간에 따야 하는 것.'이라는 나만의 철칙을 만들었다. 공부하는 것도 하나의 태교라고 생각했다. 문제를 열심히 풀면서 내심 수학 잘하는 아이가 나오길 바라는 마음도 담았다.

직장인들에게는 원하는 시간에 일어나고, 남들이 출근했을 때 집에서 여유롭게 차 한잔을 즐길 수 있는 시간이 육아 휴직 기간일 것이다. 나도 입덧하기 전까지는 아무것도 하지 않고 내 마음대로 노는 일상을 꿈꿨었다. 그러나 현실은 달랐다. 입덧으로 인해 그런 여유로운 일상은 포기해야만 했다. 하지만 오히려 그 덕분에 육아 휴직 기간을 더욱 의미 있게 보낼 수 있었다. 나는 육아 휴직 들어가는 후배들에게 퇴사 계획이 없다면 휴직 중에 필수 자격증을 취득할 것을 권유하곤 한다.

직장에 띠동갑 후배가 출산 계획을 세워 임신하고 육아 휴직에 들어갔다. 출산 후 4개월쯤 지났을 때 후배를 만났다. 후배는 나에게 깜짝 놀랄 이야기를 들려주었다. 산후 우울증으로 인해 너무 힘든 시간을 보냈다는 것이다. 항상 긍정적이고 해맑던 후배였고 남편도 자상한 사람이라 산후 우울증이라는 말을 믿기 어려웠다. 다행히 내가 후배를 만났을 때는 산후 우울증을 극복한 상태였다. 후배는 아이가 정말 예쁘고 사랑스럽지만 자신을 잃어버린 듯한 느낌을 받았다고 고백했다. 우는 아이를 겨우 달래서 재우고 가을 햇살이 눈부시게 내리쬐는 거실에 홀로 앉아 하염없이 눈물을 흘리던 어느 날이었다. 후배 눈에 벽장을 가득 채운 수많은 책이 들어왔다. 흐르는 눈물을 닦으며 벽장에 다가가 책 한 권을 뽑아 들었다. 아이가 곤히

낮잠을 자는 동안 후배는 책 속에 빠져들었다. 순식간에 한 권을 읽어버린 그 시간이 너무나도 행복했다고 했다.

평소에도 책을 좋아했던 후배는 그날 이후 틈이 날 때마다 독서에 몰두했다. 퇴근한 남편에게 아이를 맡기고 짧고 굵은 운동도 병행했다. 그렇게 몇 주가 지나자 신기할 정도로 우울함이 사라지기 시작했고, 다시 예전의 '나'로 돌아올 수 있었다고 얘기했다. 우울증을 극복한 후배는 휴직 중에 브런치 작가가 되었다.

나는 입덧을 극복하기 위해 자격증을 취득하며 업무적으로 나의 가치를 올렸고, 후배는 산후 우울증을 극복하기 위해 독서를 통해 브런치 작가가 되었다. 육아 휴직은 마치 로또에 당첨된 것처럼 나에게 없었던 여유 시간을 급격하게 늘려준다. 물론 그 시간은 아이의 성장을 위해 집중해야 할 귀한 시간이기도 하다. 세상에서 유일하게 공평하게 주어지는 것이 있다. 바로 시간이다. 누구에게나 하루 24시간 1년 365일이라는 시간이 주어진다. 그 시간을 어떻게 사용하느냐에 따라 우리의 삶은 달라질 수 있다.

육아 휴직은 나에게 단순한 쉼 이상의 의미를 주었다. 단순히 더 많은 시간을 주는 것이 아니라, 그 시간을 통해 더 나은 사람이 되고 더 나은 부모가 되도록 이끌어 주는 기회였다. 나는 육아에서 엄마의 행복이 무엇보다 중요하다고 생각한다. 행복한 엄마가 행복한 아이를 키울 수 있기 때문이다. 지혜로운 부모가 될 것이라는 믿음을 바탕으로 모든 결정을 내렸고, 그 믿음은 나를 여기까지 오게 했다. 그래서 나는 말하고 싶다. 휴직이라는 시간은 자신을 재발견하고 가족 모두가 성장할 수 있는 소중한 시간이 될 수 있다고 말이다. 모든 전략은 나에 대한 믿음 위에 세워지는 것이다.

07

나의 기질님,
고맙습니다

"자신을 내보여라, 그러면 재능이 드러날 것이다."

발타사르 그라시안

꾸준한 노력으로 웃는 얼굴이 되다

내 눈은 그리기 아주 쉽다. 무쌍에 눈꼬리가 올라가 있어서 직선 두 개만 그으면 된다. 나는 아빠를 똑 닮았다. 어릴 적 아빠와 나의 증명사진을 전등에 비춰보면 같은 사람인지 의심할 정도로 닮았다. 어렸을 때는 피부도 무척이나 까맸다. 디즈니 애니메이션 〈뮬란〉이 개봉하자 친구들은 나를 '뮬란'이라고 부르기도 했다. 내 눈은 오랫동안 나에게 콤플렉스였다. 초등학교 3학년 때의 일이다. 어느 날 안방에서 엄마의 전화 통화하는 소리가 들렸다. 상대방이 무슨 애기를 했는지는 알 수 없었지만 엄마의 대답은 이랬다.

"어휴, 아니야. 해영이는 눈도 쪽 찢어지고 못생겼어. 무슨 소리야?"

내 이야기가 아니길 바랐다. 하지만 엄마의 대답으로 보아 상대방이 내 칭찬을 한 모양이다. 나는 억울하고 화가 났다. 내가 이렇게 태어나고 싶어서 태어난 게 아니다. 엄마 배 속에서 이렇게 만들어져서 나왔다. 이런 눈과 이런 피부색을 갖고 태어난 데는 엄마 아빠의 책임이 크다. 전화가 끝나자마자 억울함에 복받쳐 눈물을 펑펑 흘리며 엄마에게 소리쳤다.

"엄마! 내가 이렇게 태어나고 싶어서 태어났어? 엄마가 이렇게 낳았는데 왜 못생겼다고 해? 나도 못생긴 거 알아! 그래도 다른 사람들한테 꼭 그렇게 못생겼다고 얘기를 해야 해? 엄마도 못 봐주겠으면 쌍꺼풀 수술을 해주던가!"

엄마는 내가 대화를 듣고 있는 줄 몰랐다. 당황한 엄마가 내게 달려와서 날 꼭 안아주며 사과했다.

"해영아. 그런 게 아니라, 아줌마가 네 칭찬을 하도 해서 엄마가 민망해서 한 얘기야. 우리 해영이가 얼마나 예쁜데. 엄마가 정말 미안해. 잘못했어."

며칠 뒤 식탁에서 혼자 밥을 먹고 있었다. 밥 먹는 모습을 지켜보던 엄마가 맞은편에 앉더니 내게 조용히 말했다.

"이쁜 우리 딸. 네 눈은 누구도 가질 수 없는 매력적인 눈이야. 웃을 때는 특히 더 빛나. 그런데 무표정으로 있으면 어떤 사람들은 화난 거로 오해할 수도 있어. 미소 짓는 얼굴이 습관이 되면 사람들이 너의 매력을 더 많이 보게 될 거야."

엄마는 내가 눈을 콤플렉스로 느끼고 있다는 것을 알고 그것을 극복하는 방법을 알려주었다. 나는 시키는 대로 잘하는 딸이었으니 그날 이후로 혼자 있을 때도 미소를 잃지 않기 위해 연습했다. 거울을 보며 웃는 연습을 하고, 길을 걸을 때도 작은 미소를 유지하려 애썼다. 나의 웃음이 사람들에게 더 인상 깊게 다가가길 바랐다. 엄마의 작은 조언 덕분에 내 얼굴은 웃는 얼굴로 바뀌었다. 그날 이후 내가 성장하면서 가장 자주 듣는 말이 있다.

"너는 어쩜 그렇게 잘 웃어?"

가장, 그까이꺼 제가 하겠습니다!

꾸준히 노력한 끝에 얻어낸 소중한 결실이다. 꾸준한 기질 덕분에 콤플렉스를 극복하고 '미소'라는 나만의 무기를 만들 수 있었다. 엄마에게 감사하다. 엄마의 따뜻한 조언이 없었다면 나는 평생 화난 얼굴로 살았을지 모른다. 나의 미소는 사회생활을 할 때, 특히 서비스업이라는 직종에 큰 강점으로 작용했다.

역할놀이로 발견한 나만의 기질

나는 여섯 살 때 대단지 아파트로 이사했다. 처음 이사했을 때는 15층 건물 한 라인에 몇 집만 입주해 있었다. 새로운 이웃이 이사를 오면 입주한 모든 집에 시루떡을 돌리며 인사를 나누던 정감 가득한 이웃사촌의 시대였다. 아이가 있는 집은 아이와 함께 집집마다 떡을 나누며 서로의 얼굴을 익혀갔다.

시간이 흘러 아파트는 1층부터 15층까지 전 세대가 입주했고 대부분의 입주민과 인사를 나누었다. 한 달에 한 번씩 집에서 반상회도 열렸다. 나는 엄마 손을 꼭 붙잡고 반상회에 따라가 또래 친구들과 놀기도 했다. 반상회를 따라다니다 보니 전 층 입주민들의 얼굴과 집 호수가 내 머릿속에 저절로 입력됐다.

어렸을 때 엄마 아빠를 따라갔던 백화점에서 예쁜 옷을 입고 있는, 얼굴이 반짝이는 엘리베이터 언니를 보았다. 지금은 상상도 못

할 직업이지만 그 당시에는 엘리베이터 안에서 손님들에게 몇 층에 가는지를 물어보는 사람이 있었다. MBC 드라마 〈미스코리아〉 여주인공처럼 말이다. 그 엘리베이터 언니가 너무 예뻐 보였던 나는, 우리 아파트의 꼬맹이 엘리베이터 걸이 되어보고 싶었다. 그날 이후 나는 엘리베이터를 탈 때마다 함께 탄 사람들의 층을 모두 눌러주기 시작했다.

여섯 살짜리 꼬맹이가 층수도 묻지 않고 정확히 눌러주는 모습을 본 이웃들은 신기해하며 나를 기억하기 시작했다. "꼬맹이가 어쩜 이렇게 신통방통해? 너 몇 살이니?"라는 칭찬이 쏟아질 때마다 나는 더욱 열심히 인사하며 버튼을 눌렀다. 시간이 흘러 이웃들이 하나둘씩 떠나고 반상회도 사라졌다. 엘리베이터 안에서 서로 인사를 나누는 사람들도 점점 줄어들었다. 이웃사촌 시대가 저물어 갈 무렵 나의 엘리베이터 걸 생활도 끝이 났다. 어른이 된 나는 여전히 사람을 잘 기억하는 능력이 있다. 사회생활을 하면서 이 능력은 큰 도움이 되었다.

나는 일할 때도 한번 방문한 고객의 특징과 나누었던 대화까지도 잘 기억했다. 두 번째 방문 시 지난번 이야기를 언급하면 고객은 자신을 기억한다는 사실에 놀라며 고마워했다. 나는 은행원이 가져야할 가장 큰 마음가짐은 '고객과의 신뢰'라고 생각한다. 고객은 자신을 기억해 주는 직원에게 편안함을 느끼고 그 편안함이 신뢰로 이어지면 자연스럽게 자산을 맡기고 싶어 한다. 그렇게 나만의 고객을 늘려나갔고 나는 고객과의 특별한 대화를 잊지 않기 위해 메모를 해 두었다. 내가 고객을 진심으로 대했기 때문인지 지점을 떠난 지 6년이 지난 지금까지도 안부를 묻는 고객들이 있다.

단점을 극복할 수 있는 사람

우연히 개그맨 김국진 님이 강의하는 영상을 보았다. 개그맨은 말로 먹고사는 직업이다 보니 평소에도 말이 많고 말을 잘하는 사람들에게 유리하다고 생각했다. 그런데 그는 평소에 말이 없는 내성적인 성격이라고 한다. 그런 그가 개그맨으로서 최고의 인기를 얻은 비결은 다름 아닌 말수가 적은 자신의 성향에서 비롯된 것이라는 놀라운 이야기를 했다. 그는 개그를 할 때도 말수를 최대한 줄였다.

말 한마디 한마디에 깊이를 더해 절제의 미를 살려 관객들이 집중할 수 있게 했다고 한다. 후배들에게도 "제일 웃긴 사람은 말하는 사람이 아니라 잘 듣는 사람이다."라고 강조했다. 그만의 개그 철학은 많은 개그맨 후배에게도 영향을 미쳤다고 한다. 그는 단점을 장점으로 승화시키는 태도로 절제된 유머와 깊이 있는 개그를 통해 관객들의 마음을 사로잡았다.

"훌륭한 분들을 보면, 단점을 극복해서 위대한 사람이 되신 분들이 많습니다. 내가 못 하는 것이라 단정 짓지 마세요. 나는 아니라고 생각했는데 정말 거기서 본인의 길이 나타날 수 있어요."

내가 스스로 생각하는 단점들, 그리고 존재하지 않는 한계 앞에서 시도도 해보지 않고 무기력하게 주저앉지 말라는 말이 가슴 깊이 와 닿았다. 단점을 장점으로 승화시켜 도전해 보라는 말을 마음속 깊이 새겼다. 많은 사람들은 못하는 것은 빨리 포기하고 잘하는 것을 더 잘하게 하는 것이 성공으로 가는 빠른 길이라고 생각하기도 한다. 물론 못하는 것에 집착하며 시간을 낭비하기보다 잘하는 것에 집중하는 것이 더 효율적일 때도 있다. 하지만 스스로 한계를 정하고 쉽게 포기하지 않는 것이 더 중요하다.

누구나 나름의 기질을 가지고 태어난다. 물론 단점도 함께 따라온다. 그러나 생각을 조금만 바꾸면 타고난 기질을 통해 단점도 나만의 매력으로 변신시킬 수 있다. 찢어진 눈 때문에 화나 보이는 인상이었지만 꾸준한 노력 끝에 잘 웃는 사람으로 기억되고, 어린 시절 작은 역할놀이가 나만의 특별한 능력을 발견하는 계기가 된 것처럼 말이다. 엘리베이터 걸 놀이가 내게 그랬듯이 작은 경험이 때로는 큰 능력을 꽃피울 수 있는 씨앗이 되기도 한다. 누구나 자신만의 기질을 찾아 좋은 방향으로 발전시켜 나간다면 자신의 강점으로 활용할 수 있을 것이다. 누구에게나 기질이 있다는 것은 감사한 일이다. 기질님, 나에게 와줘서 고맙습니다.

2장

혼자 벌지만,
혼자가 아니야

01

'남의 편' No, '남편' Yes

F라며!? 공감 능력이 제로?

나는 집에 오면 남편에게 그날 있었던 일들을 이야기한다. 마치 초등학교 입학한 딸아이가 학교에서 있었던 일들을 막 퇴근한 아빠에게 조잘조잘 이야기하는 것처럼 말이다. 신혼 초였다. 여느 날과 다름없이 남편에게 숨 쉴 틈도 없이 나의 이야기를 쏟아냈다.

"오늘 대박 바빴어! 고객이 너무 많아서 밥을 10분 만에 먹고, 화장실도 제대로 못 갔어. 그런데 갑자기 객장에서 어떤 남자 고객이 우리한테 소리를 지르는 거야. 우리는 숨도 못 쉬고 일하고 있는데, 빨리빨리 안 하냐고 엄청 욕을 하더라고."

내 이야기를 끝까지 들은 남편이 된장찌개를 한 숟갈 뜨며 느긋하게 말했다.

"힘들었겠네. 그런데 그 아저씨가 너를 콕 집어서 화낸 건 아니잖아? 그러니까 너무 스트레스받지 마. 바쁜데 은행에서 한 시간 넘게 기다리면 누구라도 화날 수 있지. 그냥 그러려니 하고 빨리 잊어버려."

나는 울컥하며 소리쳤다. "너무하는 거 아니야? 오늘 화장실도 못 갔다니까? 방광 터지는 줄 알았다고! 점심도 먹는 둥 마는 둥 10분 만에 먹고 나왔는데, 왜 그런 얘기를 들어야 하냐고!"

고객이 화낸 것보다 남편의 말에 더 화가 났다. 보글보글 된장찌개를 한 수저 뜨고 있는 남편의 숟가락을 빼앗아버리고 싶었다. 신혼 초만 해도 내가 회사 이야기를 할 때 남편은 제삼자 입장에서 객관적으로 내 이야기를 들어주고 대답해 주곤 했다. 고민이 있을 때는 오히려 남편의 이런 태도가 도움 되기도 하지만, 오늘 같은 날은 남편이 아니라 정말 '남의 편'처럼 느껴졌다. 나는 잔뜩 화가 난 채로 말했다.

"내가 속상해서 얘기하면 내 입장에서 공감해 주면 안 돼? 꼭 그렇게 남의 일 말하듯 말해야 해? 누구 편이야? 내 편 맞아? 그냥 '속 상했구나. 힘들었겠다. 그 고객은 왜 고생하는 직원들한테 소리를 질러? 회사에 얘기해야지.' 이렇게 말해주면 안 되는 거야?"

"아니. 그게 아니라. 난 항상 네 편이지. 근데 네가 은행 시스템 문제로 화가 난 고객 때문에 스트레스를 받으니까. 그런 일은 그냥 빨리 잊어버리는 게 좋다고 생각해서 하는 말이야. 내가 왜 네 편이 아니겠어? 난 항상 네 편이야!"

"됐어! 필요 없어!"

서러움에 눈물이 흘렀다. 밥 먹다가 갑자기 터진 내 울음에 남편은 당황한 기색이 역력했다. 그날 이후 남편은 내 이야기에 공감과 위로 그리고 이해의 조미료를 적절히 섞을 줄 아는 사람이 되었다.

노력의 결과라는 것을 잊고 있었다

신혼 초, 공감 능력 장착하기 전을 제외하면 결혼 생활 동안 남편은 언제나 내 이야기를 잘 들어주고 이해해 주는 사람이었다. 내가 어떤 이야기를 하든 재미있게 들어주었고, 때로는 같이 욕도 해주며 회사 이야기를 할 때 단 한 번도 듣기 싫은 내색을 하지 않았다. 궁금해졌다. 정말 듣기 싫은 적은 없었을까? 어느 날 나는 웃으면서 남편에게 물었다.

"여보, 솔직히 말해봐. 18년 동안 내 이야기 한 번도 듣기 싫었던 적 없어? 진짜 귀찮거나 지루했던 순간 없었어?"

남편은 잠시 생각하더니 미소 지으며 말했다.

"듣기 싫은 적은 없었어. 네가 예전에 나한테 남의 일처럼 얘기하지 말고 네 입장에서 같이 공감해 달라고 했잖아. 그때 생각했지. 네 이야기에 공감해 줘야겠다고. 그래서 그 이후로는 그러려고 노력했을 뿐이야."

"아, 맞아. 내가 그 얘기 하고 울었었지. 그랬구나. 나는 당신이 항상 내 이야기를 잘 들어주니까 그런 노력을 해왔는지 몰랐어. 그 일은 너무 오래전 일이라 잊고 있었고, 당신은 처음부터 내 이야기를 잘 들어주는 사람이라고 생각하면서 살았네. 고마워. 노력을 몰라줘서 미안하네."

그동안 남편의 노력을 잊고 있었다. 대화를 나누면서 나를 배려해 주는 남편에게 고마웠다.

사람은 변할 수도 있다

서로에게 공감하기 위해서는 남녀의 차이를 이해할 필요가 있는 것 같다. 몇 년 전 핫했던 예능 프로그램 〈롤러코스터—남녀 탐구생활〉이 떠올랐다. 연말연시 싱글들을 위한 긴급 처방 '일주일 만에 여친 만들기' 편에 나온 네 가지 방법 중 하나가 '그녀의 말을 따라 하라'였다. 방법은 간단했다. 그녀가 "친구들이랑 영화 보러 갔었거든요."라고 하면, 남자는 "친구들이랑 영화 보러 갔었어요?"라고 따라 하는 것이다. 여자가 말한 핵심 단어를 콕콕 집어 앵무새처럼 따라 하면 된다.

이 단순한 방법이 효과가 있는 이유는 여자들은 자신을 이해해 준다고 느끼는 사람에게 마음을 열기 때문이다. 심리학적으로도 여자들은 자신의 말에 공감해 주고, 격려해 주는 남자와 잘 통한다고 생각한다. 여자의 말을 따라 하는 것만으로도 충분히 공감 능력을 발휘할 수 있다는 것이다. 이 간단한 방법이 얼마나 강력한지 한번 시도해 보면 알게 될 것이다.

"사람은 변하지 않는다."고들 말한다. 이 말은 반은 맞고 반은 틀리다. 유전적으로 물려받은 기질은 쉽게 변하지 않는다고 한다. 그러나 인격이나 성품은 후천적으로 만들어지는 것이다. 물론 타인에 의해 강제적으로 변하기는 쉽지 않다. '스스로 변하려고 마음먹고 노력하는 것'이야말로 사람이 변할 수 있는 유일한 방법이라고 생각한다. 처음엔 소통하는 법을 몰라 헤맸던 그였지만, "공감해 줄 수는 없어?"라는 말 한마디에 서운했던 그 일을 잊게 할 만큼 남편은 꾸준히 노력해 주었다. 이제는 내가 남편에게 그런 존재일지 생각해 본다.

누구나 힘든 하루를 보내고 집에 들어오면 가족들이 따뜻하게 맞아주길 바란다. 우리는 혼자가 아니다. 서로 공감하고 이해하며 언제나 '내 편'이 되어주는 사람이 있다. 만약 그런 사람이 없다면 나부터 먼저 그 사람에게 '네 편'임을 느끼게 해주자. 이것이 우리가 추구하는 행복한 가족의 모습이고, 서로를 존중하며 지지해 주는 사랑의 결실이 아닐까? 나는 이런 경험을 통해 사랑과 이해가 서로를 이어주는 가장 강력한 연결고리임을 깨닫게 되었다.

02

괜찮아,
혼자 너무 애쓰지 마

"인생이란 학교에는 불행이란 훌륭한 스승이 있다. 그 스승 때문에
우리는 더욱 단련되는 것이다."   프리체

나는 엄마처럼 할 수 있을까?

나는 부모님과 자주 영상 통화를 한다. 영상 통화는 무서운 통신
기술이다. 전화를 받지 않으면 괜찮지만 받는 순간 상대방의 현재
상황을 직접 확인할 수 있기 때문이다. 친정 부모님은 아프거나 병
원에 입원할 일이 생겨도 내게 연락하지 않는다. 아마도 딸에게 걱
정을 안겨주고 싶지 않아서일 것이다. 부모님이 아팠다는 사실을
뒤늦게 알게 될 때면 그 순간 속상함을 넘어 화가 나기도 한다.

몇 년 전, 엄마는 한쪽 눈 실명 판정을 받았다. 엄마가 실명이 되리라고는 생각해 본 적이 없다. 두 눈 멀쩡히 세상을 보던 엄마가 이제 한쪽 눈에만 의존해 생활해야 하는 상황이 되었다. 실명은 엄마의 일상에 큰 어려움을 가져왔다. 어지러움에 일어나는 것도 힘들었고, 일상생활의 모든 것들이 예전 같지 않았다. 엄마는 때때로 자신이 바보가 된 것 같다고 말했다.

엄마는 왜 시력을 잃게 되었을까. 시력을 잃고 몇 년이 지난 뒤 그 원인이 베체트병[1]과 연관이 있음을 알게 되었다.

엄마 몸에 병이 하나씩 더해질 때마다 엄마의 인생이 내 머릿속에 시리즈 영화처럼 펼쳐진다. 엄마는 당뇨병에 걸린 시어머니를 40년 넘게 모셨다. 할머니는 당뇨가 있어서 술을 마시면 안 된다는 것을 잘 알면서도 매일 슈퍼마켓에서 소주를 사와 장롱 깊숙이 숨기곤 했다. 소주를 사러 가는 할머니를 막기 위한 엄마와 할머니의 숨바꼭질이 수년간 이어졌다.

90세가 넘은 할머니는 매일 소주 한 병을 드시고는 기차 화통 삶아 먹은 듯한 목소리로 엄마에게 욕을 섞어가며 몇 시간씩 소리를

---

1) 베체트병: 구강 궤양, 음부 궤양, 안구 증상 외에도 피부, 혈관, 위장관, 중추신경계, 심장 및 폐 등 여러 장기를 침범할 수 있는 만성 염증성 질환이다. 각 증상의 기본적인 특징은 혈관에 염증이 생기는 혈관염(vasculitis)이다. (네이버 의학 정보, 서울대학교병원)

질렀다. 아빠가 말려도 소용이 없었다. 매일 이어지는 숨바꼭질과 할머니의 치매 증상을 동반한 고성은 고스란히 엄마가 감당해야 할 몫이었다.

엄마가 임신 중에 할머니에게 맞았었던 이야기를 얼핏 들은 적이 있다. 그때 아빠는 해외 출장 중이었고, 혼자 있는 엄마를 보호해 줄 사람이 아무도 없었다. 그럼에도 엄마는 할머니가 돌아가시기 직전까지 '사람의 도리'라는 이유로 할머니에게 헌신했다. 엄마에게 "고맙다, 미안하다."는 말 한마디 없이 떠나간 할머니가 나는 지금도 원망스럽다.

엄마는 후두암에 걸리신 외할아버지도 돌아가시기 직전까지 5년 이상을 모셨다. 의사는 90세가 넘으신 외할아버지에게 할 수 있는 조치가 없다고 했다. 고작 할 수 있는 것은 암의 고통을 줄여주는 마약 패치를 붙이는 일뿐이었다. 엄마는 형제들이 아버지 모시기에 난색을 보이자 우리 집으로 모셔 왔다.

외할아버지는 암이 전이된 상태로 온몸이 힘들어져 걷기조차 어려웠다. 외할아버지의 목욕부터 대변 치우기까지 60세가 넘으신 엄마 혼자 감당하기엔 역부족이었다. 엄마는 대상포진까지 걸려 가며 팔을 들어 올릴 수 없는 지경까지 갔다. 하지만 당신 몸이 으스러지도록 아파도 외할아버지에게 정성을 다하셨다.

결혼하고 자식을 낳아 키워보니 부모님을 모시는 일은 자식을 키우는 것과는 또 다른 어려움이 따른다는 것을 깨달았다. 엄마는 평생 가족을 위해 끊임없이 희생했다. 너무 혼자 애쓰는 엄마가 바보처럼 보여 화가 날 때도 많았다. 왜 그렇게까지 자신을 희생하며 살아야 하는지 이해가 되지 않을 때도 있었다. 엄마의 몸에 알 수 없는 불청객들이 찾아오는 것을 볼 때마다 가슴이 아프고 죄송스러운 마음이다. 그럼에도 '나는 과연 부모님이 아프면 엄마처럼 할 수 있을까?'라고 생각하면, 솔직히 자신이 없다.

희생은 당연한 것이 아니다

엄마의 희생을 보고 자란 나는 결혼 이후 17년 동안 매일 아침밥을 해놓고 출근했다. 결코 쉬운 일은 아니었지만 당연히 해야 한다고 생각했다. 매일 아침밥을 준비하면서 '엄마도 그동안 참 힘드셨겠구나.'라는 생각이 들었다.

나는 한 번도 아침을 굶거나, 도시락을 못 싸가거나, 빵으로 때운 적이 없다. 매일 아침 식탁에는 압력밥솥에 갓 지은 따끈따끈한 쌀밥과 매일 다른 국과 찌개 그리고 맛있는 반찬이 차려져 있었다. 도시락에 고기반찬이 있는 날이면 도시락 주머니 위 작은 구멍으로 싱싱한 상추가 모습을 드러내며 오늘 점심 메뉴가 고기반찬임을 알려주기도 했다.

엄마의 정성과 노력이 담긴 밥을 먹고 자란 나에게 아침밥은 당연한 것이었다. 가족들이 내가 준비한 음식으로 든든한 하루를 시작한다는 기쁨. 그 기쁨이 내가 17년간 꾸준히 아침밥을 할 수 있는 원동력이었다. 솔직히 힘들기도 했다. 감기에 걸리거나 잠을 설친 날이면 억울한 마음이 들기도 했다.

'이 원수 같은 밥. 요리사랑 결혼할걸. 다른 외벌이 가장들은 집에서 아내가 아침밥은 해줄 텐데. 나도 우렁각시가 매일 밥 좀 해 줬으면 좋겠다.'

나는 제일 좋아하는 음식이 뭐냐는 질문을 받으면 "남이 해주는 음식이요."라고 대답한다. 어느 책에서 '희생'과 '헌신'은 다르다는 문구를 본 적이 있다. 둘 다 본인이 가진 것을 내어놓는 점에서는 같지만, '희생'은 슬픔을, '헌신'은 기쁨을 동반한다는 것이다. 가족의 구성원이 되어보니 가족이라 하더라도 무한한 헌신은 불가능하다는 것을 깨달았다. 매 순간 모든 것을 기쁨으로 할 수 없다는 뜻이다. 희생은 때로는 무거운 마음으로 슬픔과 함께 감내해야 하는 일인 것 같다.

내가 헌신적으로 시작한 아침밥 준비는 시간이 지날수록 슬픔이

동반된 희생으로 변해가기 시작했다. 나의 희생을 아무도 알아주지 않는다는 생각이 들자 슬픔이 밀려왔다. 엄마의 영향으로 아침밥 준비는 당연한 것이라고 여겼던 내 마음도 점점 당연한 일이 아니라는 생각이 들었다. 이런 마음으로 계속하면 내 억울함이 가족들에게 고스란히 전해질 것만 같았다. 작년 추운 겨울, 나는 오랜 고민 끝에 남편에게 도와달라고 외쳤다. 솔직히 말하면 도움을 요청한 것이 아니라 거의 통보였다.

"내가 출근하면서 새벽에 밥까지 차리고 가는 건 좀 아닌 것 같아. 너무 힘들어. 내가 밥순이가 된 기분이야. 주말에는 내가 하더라도 평일 아침은 당신이 좀 해줬으면 좋겠어. 요즘 유튜브도 잘 되어 있고 검색하면 레시피 다 나오니까 내일부터 당신이 아침밥 좀 해줘."

정적이 흐르는 거실에서 내 얼굴엔 눈물이 흘러내리고 있었다. 나의 헌신을 몰라주는 것 같은 남편이 미웠고, 애초에 이런 상황을 만든 나 자신도 원망스러웠다. 거실 바닥만 내려다보고 있는 남편이 무슨 생각을 하고 있는지 궁금하지 않았다. 그저 "알았어. 내가 할게."라고 대답해 주기만을 바랐다. 오랜 침묵을 깨고 남편이 입을 열었다.

가장, 그까이꺼 제가 하겠습니다!

"네가 아침마다 고생하는 거 항상 고맙고 미안하게 생각하고 있어. 내가 말로 표현했어야 하는데 그걸 해주지 못해서 미안해. 네가 억울하다고 생각할 수밖에 없었을 것 같아. 그런데 통보하듯 이야기하니까 나도 기분이 좋진 않아. 음식을 해보지 않아서 당장 내일부터 아침을 뚝딱 만들 수는 없지만, 네 말에 동의하고 나도 노력할 테니 처음부터 하나씩 알려주면 좋겠어."

대화가 필요해

남편의 대답에 마음속 응어리가 조금씩 풀어지는 것을 느꼈다. 다음 날 새벽, 우리는 함께 일어나 부엌으로 향했다. 그날 이후 우리의 아침 시간은 달라졌다. 혼자의 희생이 아닌, 서로의 헌신으로 함께하는 시간이 되었다. 2주 동안 '밥 잘해주는 오빠' 특별훈련에 돌입했다. 첫 주는 내가 하는 것을 보여주고, 그다음 주는 남편이 하는 것을 곁에서 지켜보며 설명해 주었다. 남편이 아침밥을 준비한 지 이제 1년 반이 되어간다. 초반에는 출근길에 카톡으로 질문도 많이 받았지만 이제는 질문도 없다. 오므라이스를 예쁘게 만든 날이면 사진을 보내주기도 한다.

나는 혼자 모든 걸 당연하다 여기고 단 한 번도 힘들다고 말하지 않으면서 상대방이 나의 희생을 알아주기만을 바랐다. 오랜 시간 동안 꾸역꾸역 참아오다 터뜨렸으니 남편은 당황스러울 수밖에 없었을 것이다. 평소에 서로 힘든 부분이나 도움이 필요한 것에 대해 대화했더라면, 지금까지도 기쁜 마음으로 할 수 있었을 것이다.

    사람은 자신이 좋아하는 일을 하더라도 어느 순간 지치기 마련이다. 그러니 희생은 더더욱 당연한 것이 아니다. 나는 가장 가까운 가족에게조차 감정 표현이 서툴렀다. 힘들 땐 힘들다고, 슬플 땐 슬프다고 말하는 것이 얼마나 중요한지를 깨달았다. 힘들고 어려울 땐 주변에 나의 감정을 솔직하게 이야기하고 도움을 청해야 한다.

    초코파이의 로고송 가사를 끝까지 들었어야 했다. 우리가 너무나도 잘 알고 있는 로고송은 "말하지 않아도 알아요. 눈빛만 보아도 알아."이지만, 이 노래의 마지막 가사는 진실을 이야기해준다. "말하지 않으면 몰라요. 거짓말이라도 좋아." 말하지 않으면 상대방은 우리의 마음을 영원히 알지 못한다.

    너무 잘하려고 혼자 애쓰지 말자. 이 세상에 어떤 것도 당연한 것은 없다. 당연하다고 생각할수록 감사함으로부터 멀어지게 된다는 사실을 기억하자.

03

나 혼자선 조연,
함께라서 주연!

"인간의 성장은 결국 내가 홀로 이루었다고 믿었던 수많은 결과가
나 자신만의 것은 아니라는 사실을 깨닫는 순간 시작된다."   이어령

하늘을 찌르는 오만함

둘째를 출산하고 더운 여름에 복직했다. 승진해야 하는 시점이었
지만 복직하자마자 승진하는 건 현실적으로 어려웠다. 첫해는 워밍
업을 하고 2년 내 승진을 목표로 정했다. 그때 아이들은 여덟 살, 다
섯 살로 손이 많이 갈 시기였다. 남편에게 내 목표에 대해 이야기했
다. 복직 3년 차에 승진하는 것이 목표이니 두 번째 해에는 회사에
올인하고 싶다고 했다.

남편은 걱정스러운 표정으로 한 해 올인해서 승진할 수 있을지 물

었다. 물론 나도 가능성을 장담할 수는 없었다. 남편은 응원한다고 하면서도 만약 실패할 경우 내가 받을 상처와 가족과의 추억 없는 한 해를 보내게 될 것을 우려했다. 맞는 말이었다. 하지만 시도도 해 보지 않고 걱정부터 하는 것은 내 스타일이 아니었다. 올인해보고 실패하면 다음 해는 가족과 함께할 것을 약속했다.

남편과의 약속을 지키기 위해 나는 회사에 모든 열정을 쏟아부었다. 매일 야근으로 밤 10시, 12시가 되어도 피곤하지 않았다. 나의 선언으로 남편은 일 년 동안 독박 육아를 도맡아야 했다. 집에 오면 아이들은 이미 잠들어 있는 날이 많았고 며칠 동안 아이들 얼굴을 보지 못할 때도 있었다. 그럴 때마다 마음 한편으로 미안했지만, 가족의 헌신에 보답하는 길은 목표를 달성하는 것뿐이라고 생각했다. 나의 도전은 다행히 성공적이었다. 나의 목표 달성으로 남편도 독박 육아와의 전쟁에서 해방될 수 있었다. 가족들의 도움이 없었다면 불가능한 일이었다.

나는 자기애가 강한 한 가족의 가장이다. 아이들이 내게 세상에서 가장 사랑하는 사람이 누구인지 물으면 '나 자신'이라고 대답할 만큼 나는 나를 사랑한다. 이런 강한 자기애 때문인지 오래전에는 '내 덕분에 우리 가족이 행복할 수 있는 거야'라는 오만한 생각을 한 적이 있다. 시간이 지나 돌이켜보니 지금의 내가 있기까지 나 혼자 이룬 것은 아무것도 없었다. 나의 존재와 가족의 행복은 나 혼자가 만들어 낼 수 있는 것이 아니었다. 서로의 노력과 사랑을 통해 함께 만들어진다는 것을 깨달았다.

인간의 성장이 시작되는 순간

부모들은 아이들이 다치거나 아플 때 죄책감을 느낀다. 모성애 때문일까? 워킹맘은 더 깊은 죄책감을 느끼기도 한다. 둘째 아이가 초등학교에 입학한 이후 밤마다 이상한 증세가 시작되었다. 밤 10시에 잠들었다가 자정이 되면 매일 악을 쓰며 울기 일쑤였다. 남편과 내가 달래면서 깨워도 보고 안아주려고도 해보았다. 하지만 아무리 깨워도 아이는 울며 발버둥만 치고 깨어나지 못했다.

한번 울기 시작하면 적어도 30분 이상, 길게는 한 시간 이상 매일 울며 몸부림을 쳤다. 우리 부부는 아이가 소변을 보지 못해서 울고 있는 것으로 생각했다. 우는 아이를 겨우겨우 화장실에 앉혀 소변을 보게 하면 울음을 그치고 다시 잠드는 날이 있었기 때문이다. 하지만 이 방법이 항상 통하지는 않았다. 몇 개월 동안 이런 생활을 겪으면서 나는 나대로, 남편은 남편대로 지쳐갔다.

남편은 잠귀가 밝지 않다. 반면 나는 조그만 소리만 들어도 바로 일어나는 편이라 깊이 잠들지 못한다. 나는 매일 밤 전쟁 같은 상황에 다크서클이 생겨 판다가 될 지경이었다. 남편이 판다가 되어가는 내 눈을 봤는지 둘째가 울면 자신을 깨워달라고 했다. 그 후로 남편은 나와 첫째 아이를 위해 거의 매일 울며 발버둥 치는 둘째를 둘러업고 빈방으로 가서 아이가 진정될 때까지 함께 있어 주었다.

빈방에서 문을 닫고 있었지만 우리 집은 궁궐이 아니기에 잠귀 밝은 나는 눈을 감은 채로 남편과 아이의 상황을 머릿속에 그리곤 했다. 매일 밤이 우리 가족에게 힘겨운 시간이었다. 몇 달이 지나도 아이의 증세가 나아지지 않자 대학병원에서 검사를 진행했다. 의사 선생님은 일시적인 증상이니 시간이 지나면 괜찮아질 것이라고 안심시켜 주셨다. 다만, 자기 직전에 화장실 가는 습관을 들여 보자고 하셨다.

새벽에 화장실에 가지 않은 날을 체크해 달력에 스티커를 붙여 한 달이 꽉 채워지면 칭찬하는 방식이었다. 아이에게 무의식적으로 자기의 행동을 인지하도록 하는 것이 중요하다고 했다. 그 이후 2년간 남편의 노력 덕분에 우리 집은 평화를 찾을 수 있었다.

인생을 살아가면서 가정에서든 사회에서든 나 혼자 이룬 것은 단 한 가지도 없다는 사실을 깨닫게 된다. 내가 회사에서 마음 편히 일에 집중할 수 있고, 지금 이 순간 글을 쓸 수 있는 것도 가족의 도움이 없다면 불가능한 일일 테니 말이다. 우리는 가족의 사랑과 지원이 얼마나 중요하고 감사한 일인지 항상 기억해야 한다.

우리는 혼자가 아니다. 나 혼자서는 조연일 뿐이지만, 함께이기에 주연이 되는 것이다. 이어령 선생님의 말씀처럼 함께하는 이들의 소중함을 잊지 않고, 그들과 함께 주연이 되는 삶을 만들어가자.

04

서로 빈틈을 막아주는
문풍지처럼

"가장 적은 것으로도 만족하는 사람이 가장 부유한 사람이다."

소크라테스

안심 내비게이션으로 채워지는 인생

"오해영이 또 오해영 했네. 그러니 내 마누라지."

내가 빈틈을 보일 때마다 남편이 하는 말이다. 나는 평소에 빈틈이 많다. 그 빈틈이 코끼리도 지나갈 만큼 커지면 남편은 "회사에서는 안 그러지?"라며 걱정스러운 눈빛으로 묻곤 한다.

우리 가족은 아날로그 시대에 살고 있다. 주택에 사는 우리는 집을 나갈 때마다 다섯 개의 열쇠가 달린 열쇠 꾸러미를 잊지 않고 챙겨야 한다. 열쇠가 없으면 대문조차 들어올 수 없기 때문이다. 열쇠 꾸러미에서 가장 작은 열쇠는 남편이 직접 칠한 빨간색 대문 열쇠다. 이 열쇠로 대문을 열고 들어가면 이번엔 가장 큰 열쇠를 찾아 2층 현관문을 연다. 마지막 중문을 열면 비로소 우리 집에 들어갈 수 있다. 급하게 화장실을 가야 할 때 가방에서 열쇠를 찾지 못하면 정말 난감해진다.

하루는 남편이 친구들과 저녁 약속이 있어 나 혼자 아이 둘을 재워야 했다. 집이 무너질 듯 뛰어노는 두 망아지를 붙잡아 겨우 침대에 눕혔다. 밤이 되고 남편이 돌아올 때쯤 나도 이미 깊은 잠에 빠져 있었다. 다음 날 아침.

"나 열쇠 안 가져갔을까 봐 현관문에 집 열쇠 꽂아두고 잔 거지?"
"무슨 소리야? 열쇠를 현관문에 왜 꽂아둬?"
"도둑보고 열고 들어오라고 친절하게 열쇠를 현관문에 꽂아뒀던데?"

같은 실수를 한 게 그날이 처음이 아니었다. 심지어 그 이후로도 두 번이나 더 그런 일이 있었다. 지금은 다행히 같은 실수를 하지 않지만, 나이를 먹고 있는 터라 앞으로 그런 일이 절대 없을 거라는 장

담은 못 하겠다.

퇴근하려고 주차장에 세워둔 차를 향해 걸어갔다. 하루의 피로를 털어내고 집에 갈 생각에 발걸음이 가벼웠다. 그런데 차에 가까워질수록 뭔가 이상했다. 후미등이 깨져있는 게 아닌가! 퇴근의 기쁨이 순식간에 짜증으로 바뀌었다. '어떤 양심 없는 사람이 차 후미등을 깨고 도망친 거야!' 부들부들 떨리는 손으로 사진을 찍어 남편에게 전송했다. 카톡을 읽은 남편은 답이 없었다. '열 받는다고 얘기했는데 왜 답이 없지?' 마음속 짜증의 온도가 끓는 점을 넘기기 직전 카톡 알람이 울렸다.

"여보. 1년 전에도 후미등 사진을 보내주면서 오늘하고 똑같은 이야기를 했는데? 사진도 그때랑 똑같아. 내 기억력 테스트를 하는 거라면 실패!? 후미등 갈아달란 이야기를 이렇게 하는 건가? 이번에 카센터 갈 때 교체해 놓을게. 조심히 와."

남편은 1년 전 내가 보냈던 후미등 사진과 대화 내용을 캡처해서 보내주었다. 남편의 기억소환에 짜증 온도는 순식간에 바닥을 치고, 민망 온도가 급격히 상승했다. 대화 내용을 보니 어렴풋이 그때의 기억이 떠올랐다. 민망한 마음에 애써 부정해 본다. "나 아닌 것 같은데? 다른 사람 아니야?"

결혼 전 내가 주로 이용했던 지하철은 2호선과 5호선이었다. 2호선은 어디서 타더라도 한 바퀴를 돌고 오면 출발점으로 되돌아오는 순환선이고, 5호선은 서울의 동쪽 끝으로 가지 않는 이상 아무 열차나 타도 되는 단순한 노선이다. 결혼 후 나는 1호선을 이용해야 했다. 1호선은 국내 최초 광역전철답게 갈림길이 무려 4개나 된다. 습관이라는 것은 정말 무섭다. 25년간 아무 생각 없이 지하철을 타던 내 습관은 쉽게 바뀌지 않았다.

나는 다른 행선지의 열차를 타거나, 직통 열차를 타서 내려야 할 곳을 지나치는 일이 반복되었다. 남편은 내가 서울 도심으로 나가는 날이면 마치 딸에게 일러주듯 지하철 타는 법을 반복해서 알려주었다. 나는 "어린애 아니니까 걱정하지 마!"라고 당당하게 현관문을 나서며 남편에게 외친다.

하지만 이어폰을 끼고 음악에 리듬을 타는 순간 남편 말은 안드로메다로 떠나가 버린다. 몇 시간 동안 친구들과 수다를 떨다 보면 남편의 당부는 이미 머릿속에서 흔적도 없이 사라진 지 오래다.

늦은 밤, 나는 변함없이 플랫폼에 들어오는 열차에 몸을 싣는다. 결혼 후 약 4년간 실수 없이 귀가한 날은 열 손가락에 꼽을 정도다.

이 정도면 창피해서 남편에게 말하고 싶지 않지만 나는 매번 이실직
고한다. 그래야 남편이 픽업을 오거나 돌아오는 길을 잘 알려주기
때문이다. 남편은 나만의 안심 내비게이션이다. 요즘은 핸드폰 앱
으로 쉽게 찾으면 되지만 나는 여전히 남편 내비게이션을 종종 이용
한다. 오늘도 나의 빈틈은 남편의 따뜻한 문풍지로 채워진다.

대화로 채워지는 빈틈

나는 엄마와 오빠 사이의 전쟁을 수년간 지켜보면서 부모와 자식
간의 깊은 상처가 회복되기까지 얼마나 오랜 시간이 필요한지 피부
로 느꼈다. 이 경험은 나에게 '부모와 자식은 함께 성장하는 관계'라
는 신념을 심어주었다. 비록 처음부터 약속한 것은 아니었지만 남
편이 온종일 아이들과 부대끼다 보니 훈육을 위해 자연스럽게 악역
을 자처하게 되었다.

두 아들은 온몸으로 놀아주는 아빠를 무척 좋아한다. 함께 놀 때
는 한없이 좋은 아빠이지만 훈육할 때는 엄격한 아빠로 변신한다.
남편은 덩치가 산만 하고 굵은 저음의 목소리를 가졌다. 남편의 목
소리가 커지면 우리 집에는 마치 먹구름이 드리워지는 듯했다.

첫째는 어릴 적에 아빠에게 사랑의 매를 맞기도 했다. 나는 훈육
에서 아이를 때리는 방식은 옳지 않다고 생각했기 때문에 남편이 매

를 들 때마다 우리는 부딪혔다. 집은 하루하루가 3파 전쟁터였다. 형과 동생 간의 전쟁, 아빠와 아이들 간의 전쟁, 그리고 남편과 나 사이의 전쟁. 대부분의 전쟁은 두 아들의 싸움에서 비롯되었다. 아이들의 싸움을 말리다 보면 소중한 주말 시간이 빛의 속도로 사라지곤 했다.

남편 손에서 사랑의 매를 완전히 놓기까지 3년 정도의 시간이 걸렸다. 우리도 부모가 처음이다 보니 어떤 방법이 옳은지, 그른지 알 수 없었다. 평소에도 대화의 중요성은 느끼고 있었지만, 아이를 키우면서 부부간의 대화가 얼마나 중요한지를 뼈저리게 깨달았다. 남편에게 '매'라는 양육 방식을 포기하게 했지만, 한편으로는 걱정이 되었다. '내 생각대로 하자고 했다가 아이가 버릇없이 크면 어떻게 하지?'라는 생각을 지울 수가 없었다. 근거 없이 무작정 때리지 말라고도 할 수 없었다. 남편도 아이들에게 매를 들고 나서 후회하는 모습을 보였다. 나는 그런 남편을 보며 정신과 의사들과 훈육 전문가들의 영상을 찾아보고 공부한 뒤 남편을 설득하기 시작했다.

어느 날 남편이 반문했다. "당신은 간헐적으로 아이들을 보지만, 나는 온종일 집에 있으면서 수십 번을 이야기해도 고쳐지지 않는 모습을 보게 돼. 이걸 고쳐질 때까지 말로만 하는 것이 과연 옳은 방향인 거야?" 그의 말에 일리가 있었지만, 나는 매가 정답이 아니라는 확신이 있었다. 많은 대화를 통해 서로의 입장을 이해하려는 노력이 계속되었다.

나는 남편에게 두 가지를 부탁했다. 첫 번째는 화가 나거나 매가 생각날 때 우리 아이들을 옆집 아이라고 생각하고 한 발짝 뒤로 물러나는 연습을 해보기로 했다. 두 번째는 훈육 시 짧고 굵게 요점을 전달하는 데 초점을 맞춰 이야기했으면 한다고 부탁했다. 남편은 내 부탁을 듣고 고개를 저으며 말했다.

"너무 이상적인 이야기만 하는 거 아니야? 육아가 말처럼만 가능하다면 너무 쉬울 것 같은데? 그럼, 당신이 한번 훈육해 봐."

물론 그의 반응을 이해한다. 훈육 경험이 많은 사람이 조언을 했어도 '아이마다 다 다른 법이지'라고 생각할 텐데, 훈육 경험도 없는 내가 이런 조언을 하니 받아들이기 어려웠을 것이다. 사람은 누구나 고집이 있기 마련이다. 자기 행동을 지적받고 변화를 강요받으면 기분이 상할 수밖에 없다. 내 부탁을 듣고 남편도 분명 기분이 나빴을 것이다. 하지만 나는 포기하지 않고 계속해서 남편을 설득했다. 점차 시간이 지나면서 남편이 변하고 있는 것이 눈에 보였다.

가장, 그까이꺼 제가 하겠습니다!

3년 정도의 시간이 지나자 우리 집에 사랑의 매가 완전히 사라졌다. 목소리 톤이 올라가는 일도 없어졌다. 남편은 자신의 화를 다스리며 어려운 상황에서는 나에게 도움을 요청하기 시작했다. 나는 문제를 해결하기 위한 대화의 장을 마련했고, 그 안에서 서로의 이야기를 듣고 자기 생각을 솔직하게 표현할 수 있게 했다. 이 방법은 지금도 계속되고 있다. 아이들이 아직 자라는 과정이기 때문에 어떤 방법이 최선인지 나도 남편도 확신할 수는 없다.

하지만 대화 중심의 훈육을 통해 울고, 상처받고, 얼굴 붉히는 일이 사라졌다. 나는 어릴 적 사이가 좋지 않았던 엄마와 오빠 사이의 메신저 역할을 하며 지낸 덕분에 남편에게 대화 중심의 훈육 방법을 제안할 수 있었다. 남편에겐 나와 같은 허당기는 없지만 그가 어려워하는 부분을 나의 경험으로 채워 줄 수 있었다.

서로 다른 인격체가 만나 부부라는 연을 맺고 살아가다 보면 맞지 않는 부분이 끊임없이 드러난다. 연애할 때는 모든 것이 잘 맞았지만, 결혼 후에 달라지는 게 아니다. 연애 시절에는 사랑의 도파민이 그 차이를 잘 감춰주었기 때문에 보이지 않았을 뿐이다. 누구에게나 빈틈은 있다. 그 빈틈을 약점 삼아 핀잔을 주거나 공격하는 사람도 있다. 하지만 실수하거나 부족한 부분이 있더라도 서로 다름을 인정하고, 그 빈틈을 채워주려는 노력이 필요하다. 서로의 빈틈을 채워주며 상대방을 따뜻하게 감쌀 수 있는 문풍지 같은 사람이 되어보자. 그렇게 할 때, 우리의 관계는 더욱 단단해지고 따뜻해질 것이다.

가장, 그까이꺼 제가 하겠습니다!

05

장 보는 남자,
장 보면 안 되는 여자

마트를 쓸어왔네?

나는 먹는 것뿐 아니라 어떤 일이든 씹고 뜯고 맛보고 즐기는 사람이다. 호기심이 많아서 하고 싶은 일이 생기면 듣고 보는 것으로는 만족하지 못한다. 실패하더라도 도전하고 경험해 봐야만 만족한다. 반면, 남편은 나와 정반대다. 그는 실패하지 않도록 준비되어야 시작하고, 큰 모험은 하지 않는다. 그래서 나는 도전의 빈도가 높은만큼 실패 경험이 많고, 남편은 철저하게 준비하는 대신 실패가 거의 없다.

우리 부부의 이런 기질 차이는 마트에 가면 더욱 두드러진다. 남편은 사람들이 북적이는 주말을 피해 매주 화요일 대형 마트에 간다. 나는 대형 마트에 리워드 포인트를 사용하기 위해 1년에 딱 한 번 방문한다. 드라마에서 부부가 함께 마트를 가면 어김없이 등장하는 장면이 있다. 와이프는 가격과 상품을 꼼꼼하게 비교하며 물건을 카트에 담고, 남편은 눈에 보이는 대로 먹고 싶은 것, 사고 싶은 것을 일단 카트에 던져 넣는다. 그러면 카트에 가득 쌓인 물건을 보며 와이프의 잔소리가 시작되고 계산대로 가기 전 남편이 쓸어 담은 물건들을 다시 제자리에 돌려놓는다. 익숙한 장면이다.

그런데 우리 집은 드라마와 정반대의 모습이다. 남편은 마트에서 항상 정해진 품목들만 사 온다. 정말 급한 물건이 아니면 할인을 기다렸다가 구매한다. 감자, 양파, 우유, 두부, 바나나 등 남편의 구매 목록은 매주 변함이 없다. 그가 새로운 식품을 구매하는 일은 두 가지 원칙을 충족할 때만 가능하다. 첫째, 시식을 통해 맛이 어느 정도 검증된 제품일 것. 둘째, 할인 품목일 것. 이 두 가지 원칙이 깨지는 일은 거의 없다. 구매된 제품들은 우리 집 냉장고에 각자의 위치로 제자리를 찾아간다.

나는 혼자 하는 쇼핑을 즐기는 편이다. 누구의 눈치도 보지 않고 오롯이 나만의 시간을 즐길 수 있기 때문이다. 리워드 포인트를 사용하는 날도 주로 혼자 간다. 나에게 마트는 시간의 자유 이용권이 있는 놀이공원과 같다. 특히 식품 코너에 가면 호기심이 폭발한다. 남편이 사 오지 않는 다양한 식품을 보면 설렘이 가득해진다. 그래서 마트에 가기 전에 꼭 밥을 먹어야 한다. 공복 상태로 가면 식탐이 폭발해 카트 하나로는 부족할 수도 있기 때문이다.

'이건 맛있을까? 아니 이런 게 있는데 왜 한 번도 안 사 왔지?'라며 신나게 카트를 밀고 다닌다. 할인 따위는 신경 쓰지 않는다. 자라나는 아이들에게 맛있는 것을 먹이고 싶은 엄마의 마음도 있고, '내가 벌어서 내가 쓰는데 1년에 한두 번 장 보는 걸 눈치 봐야 해?'라는 생각이 들기 때문이다.

내 마음속 보상 심리가 꿈틀거리는 동안 어느새 카트는 가득 차 있다. 1년에 한 번 가는 마트에서 내가 사용한 금액은 남편의 한 달 치 금액과 맞먹는다. 행복한 식탐 쇼핑을 마치고 마트를 나오는 순간 남편의 목소리가 귓가에 맴돈다.

"마트를 쓸어왔네?"

집에 돌아와 부엌에 장바구니를 내려놓자마자, 남편과 아이들은 마치 1년에 한 번 개장하는 시골 장터 구경 온 사람들처럼 장바구니로 몰려든다. 나는 시식코너 직원으로 빙의되어 상품 홍보에 들어간다. 가족들의 호기심에 마음은 즐겁지만 내가 받기 싫은 질문 두 가지가 있다.

"이거 할인해?"

물론 남편이 이 질문을 하지는 않는다. 애초에 내가 할인 품목을 사 올 거라는 기대를 하지 않기 때문이다. 포기해 줘서 고맙다.

"그래서 이건 얼만데?"

이 질문은 물어봐도 답할 수가 없다. 기억하지 못하기 때문이다. 카트에 담기 전에 가격은 보지만 기억하지 않는다. 가방 속 영수증을 뒤적거리는 순간 마음의 소리가 울려 퍼진다. '나도 처음 사보는데 영수증을 봐야 알지, 금액을 어떻게 다 외우고 있냐.' 남편은 때때로 너무 비싼 것을 사 왔다고 지적하기도 하지만, 내 모험정신 덕분에 새로운 음식을 맛볼 수 있다며 내심 즐기기도 한다.

내가 먹는 것에 유독 손이 큰 이유는 친정 영향이 크다. 부모님은 대한민국 장남 장녀이다. 명절이면 우리 집에 하루 종일 방문하는 인원만 서른 명이 넘었다. 엄마 혼자 음식 준비를 할 수 없으니 세 남매가 함께 엄마를 도와 음식을 했다. 엄마는 거의 30년을 넘게 30인분의 명절 음식을 준비했으니 손이 클 수밖에 없었다. 그런 큰손 엄마를 닮아 나도 식재료에는 돈을 아끼지 않았다. 지금은 예전처럼 마트를 쓸어오지는 않지만, 먹어보고 싶은 것들은 여전히 카트에 담는다. 할인 품목도 확인하지만, 정말 먹고 싶은 것은 그냥 산다.

우리 부부의 쇼핑 스타일은 극과 극이다. 남편은 사고 싶은 물건이 생기면 무한 비교를 시작한다. 상품 리뷰를 읽고, 가격을 비교하며, 상세 내용을 살펴보느라 구매까지 시간이 한참 걸린다. 가끔은 구매를 위해 꼼꼼히 비교하다가 결국 꼭 필요한 것이 아니라며 사지 않는 경우도 있다. 반면에 나는 쇼핑에 시간을 거의 소비하지 않는다. 오프라인 매장에 갈 때도 꼭 사야 하는 물건이 있을 때만 간다. 옷도 내가 선호하는 브랜드에 있으면 바로 구매하고, 없으면 두세 군데만 들르고 쇼핑을 끝낸다.

어떤 사람들은 "네가 돈을 버니 남편이 미안해서 못 사는 거 아니야?"라고 말할 수도 있다. 물론 어느 정도 영향이 있겠지만, 남편은 본인이 돈을 벌 때도 같은 사람이었다. 제품의 질은 유지하되 최저가를 찾는 것이 그의 작은 즐거움인 것이다. 연애할 때는 비슷한 점이 많아 서로 잘 이해해 준다고 생각했다. 하지만 결혼하고 살아가면서 나와 다른 점들이 하나씩 드러나더니 지금은 완전히 반대 성향의 두 사람이 만나 결혼을 한 느낌이다.

나는 상대방의 거울

남편은 설거지를 한꺼번에 몰아서 하는 스타일이고, 나는 싱크대가 비어 있는 걸 좋아하는 사람이었다. 퇴근해서 설거지통에 쌓여있는 그릇들을 보면 싱크대를 보기 싫어 모른 척하기도 했다. 속으로는 '집에 있는 시간이 많을 텐데 왜 설거지를 미뤄두는 거지?'라는 생각을 하기도 했다.

어느 날 책에서 '사람은 서로가 상대의 거울이다.'라는 글귀를 보았다. 내가 원하지 않는 것은 상대에게 강요해서는 안 된다는 내용이었다. 글을 읽으면서 내 머릿속에 싱크대에 쌓여있던 그릇들이 떠올랐다. 더 솔직히 말하면 설거지는 당연히 주부가 해야 한다고 생각했다. 힘들게 일하고 집에 들어가 설거지까지 하고 싶지 않았다. 하지만 그 글을 읽는 순간 누군가에게 그 일을 부탁하려면 내가 해도 부담스럽지 않은 일이어야 한다는 걸 깨달았다.

내가 할 수 있는 일이라면 내가 먼저 하면 되는 거였다. 다음 날 집에 들어와 내가 먼저 고무장갑을 끼며 남편에게 물었다. "설거지

같이할래?" 남편은 마치 영화 〈봄날은 간다〉에서 "라면 먹고 갈래?"
라는 질문을 받은 유지태처럼 해맑은 얼굴로 "진짜?"라며 나에게 달
려왔다. 그날 이후 나는 싱크대를 바라보는 시선이 달라졌다. 시간
이 흐르면서 설거지는 단순한 집안일 이상의 의미를 갖게 되었다.

사람은 자신의 단점을 인정하기 어렵지만, 상대방을 통해 나의 단
점을 보게 된다. 상대방의 장점이 많이 보인다는 건 나에게도 장점
이 많다는 뜻이다. 사람은 비슷한 성향의 사람을 만나든 반대 성향
의 사람을 만나든 누구나 다 어려움을 겪기 마련이다. 좋은 관계를
유지하는 비결은 상대를 보는 동시에 나 자신도 볼 줄 아는 것이다.

인생은 마치 어려운 수학 문제 같다. 하지만 수학처럼 정답이 존
재하지 않는다. '왜 이렇게 하지? 이상해! 이해할 수 없어!'라고 생각
하기보다는 '나는 그렇게 못 하는데, 저렇게도 할 수 있구나!'라고 생
각하며 서로의 다름을 인정하고 수용하는 자세가 필요하다. 인생은
완벽한 해답을 찾기 위한 여정이 아니다. 서로의 다름 속에서 좋은
점을 발견하고 함께 성장하는 과정이다. 다름을 인정하고 수용하는
자세는 서로를 더 이해하게 되고, 나 혼자가 아니라는 것을 일깨워
줄 것이다.

06

출근은 언제나
디폴트 값

아빠는 24시간 근무 중

첫째 아이가 여섯 살 때 나는 지점에 근무 중이었다. 지점은 오후 3시 반에 문을 닫지만, 직원들은 그때부터 마감 업무가 시작된다. 오후 5시쯤 남편에게서 통화가 가능하냐는 카톡이 왔다. 남편은 급한 일이 있어도 전화를 먼저 하지 않는다. 일하는 데 방해가 될까 봐 카톡으로 통화가 가능한지를 확인한다. 이럴 땐 성격이 느긋하고 배려심 있는 남편이 참 고맙다. 카톡을 보자마자 남편에게 전화했다.

"여보, 놀라지 말고 들어. 큰애가 태권도에서 운동하다가 좀 다쳤어. 동네 병원에 갔는데 큰 병원으로 바로 가라고 해서 지금 고대병원 응급실에 왔어. 검사 중이고 결과는 좀 기다려야 할 것 같아. 퇴근하면 바로 병원으로 올 수 있어? 괜찮을 거니까 너무 걱정하지 말고 운전 조심히 해서 와."

그 순간, 마음이 철렁 내려앉았다. 손이 떨리고 눈물이 났다. 남편도 정신없을 것 같아 자세한 질문을 하지 못하고 전화를 끊었다. 회사에 사정을 이야기하고 30분 정도 일찍 퇴근했다. 퇴근길 도로를 꽉 메운 차들이 야속하게 느껴졌다. 창문을 열고 아이가 응급 수술을 해야 하니 길을 비켜달라고 외치고 싶었다. 병원까지 가는 삼십 분이 세 시간처럼 길게 느껴졌다. 겨우 도착한 병원에서 남편 얼굴을 보자마자 눈물이 터져 나왔다.

"눈 밑에 뼈가 부러져서 내일 바로 응급으로 수술해야 한대. 큰애는 검사 끝내고 조금 있다가 나올 텐데 아들 앞에서 울지 마. 엄마가 울면 아이가 더 불안할 거야. 수술하면 괜찮다고 하니까 마음 가라앉히고 있자."

아이는 안와골절 진단을 받았다. 안와골절은 안구를 감싸고 있는 안와골이 어떠한 원인에 의해 부러지는 것이다. 눈 주위의 뼈는 매우 얇고 섬세해서 작은 충격에도 쉽게 손상될 수 있다고 한다. 수술 방법은 골절된 파편을 제거하고 인공 보형물로 안와를 재건하는 것이다. 수술 후 얼굴과 코 주위에 감각 이상이 생길 수 있지만 대개 예후는 매우 좋다고 했다.

안와골은 한번 부러지면 다시 붙지 않는 뼈이기 때문에 아이는 인공 보형물인 임플란트를 넣는 수술을 받았다. 아직 성장기라 성장하는 과정에서 임플란트의 모양이 변형되거나 위치가 틀어질 수 있으니 성인이 될 때까지 잘 지켜봐야 한다는 교수님의 설명이 있었다.

안와골절로 인해 한쪽 눈이 내려앉고 초점이 맞지 않아 구토했다는 이야기를 들으니 더 마음이 아팠다. 나는 남편과 울지 않기로 약속했지만, 검사를 마치고 나온 아이를 보는 순간 눈물을 참기 힘들었다. 왼쪽 눈 위에 알 수 없는 그림이 그려져 있었고, 엄마 아빠를 닮아 쌍꺼풀 없는 작은 눈이 퉁퉁 부어 눈동자가 보이지 않았다. 아이가 놀랄까 봐 아이를 꼭 안아주며 흐르는 눈물을 몰래 닦았다.

다행히 다음 날이 토요일이라 수술하는 동안 남편과 함께 아이 곁을 지킬 수 있었다. 4박 5일 입원 기간에 남편은 첫째 아이 곁을 지켰고, 나는 주말 동안 둘째 아이를 데리고 집과 병원을 오가며 지냈다. 월요일에는 둘째 아이를 시댁에 부탁드리고 겨우 출근할 수 있었다. 만약 도움받을 수 있는 가족이 없었다면, 회사에 눈치가 보이더라도 휴가를 내야만 했을 것이다.

아빠 좀 불러주세요

우리 집 아이들은 아프면 아빠를 찾는다. 어느 날 밤, 둘째 아이가 낮에 과한 운동으로 다리가 아프다며 새벽에 눈물을 터뜨렸다. 잠귀가 밝은 내가 아이에게 달려가 다리를 주물러 주었다. 한참 안마를 받던 아이가 잠결에 이야기한다.

"엄마, 아빠 좀 불러주세요. 엄마 손 너무 작아요."

지금은 아무한테나 아프다고 이야기하지만, 아이들은 어렸을 적에 유독 아빠를 찾았다. 나는 자는 남편을 깨웠다.

"여보, 나 말고 당신이 와야 한대. 출근해야 해서 너무 피곤했는데 엄마 자라고 아빠를 찾네? 효자네. 효자야."

남편에게 웃으면서 이야기했지만 마음 한편엔 씁쓸함이 밀려왔다. 잠을 설쳐가며 아이들 옆에서 토닥여주어도 아빠만 찾는 아이들을 보면 서운하기도 했다. 아이들에 대한 내 사랑이 부족했나 싶어 죄책감도 들었다. 그러나 이런 일을 계기로 오히려 오기가 생겼다. 아이들이 고민이 있거나 힘들 때 생각나는 엄마가 되도록 더 많은 사랑과 관심을 주어야겠다고 마음먹었다.

너무 늦게 알게 된 배려

우리 집 아이들은 병설 유치원 반일반을 다녔다. 반일반의 장단점은 명확하다. 장점은 비용이 거의 들지 않는다는 것이고, 단점은 점심을 먹으면 바로 하원한다는 점이다. 하원 이후에는 학원에 가거나 가정에서 돌봐야 한다. 남편이 먼저 본인이 집에 있는데 아이를 종일반에 보내는 건 직무 유기 같다며 반일반을 보내자고 했다. 운 좋게도 추첨에 당첨되어 두 아이를 거의 무료로 유치원을 졸업시킬수 있었다.

나는 육아 휴직 중에 남편과 함께 아이들을 돌보는 날이 많았기 때문에 매일 혼자 두 아이를 보는 일이 얼마나 힘든 일인지 경험하지 못했다. 내가 경험이 없었기에 여섯 살, 세 살 두 아이의 하원 이후 혼자 아이들을 돌봐야 하는 남편의 육아 노동에 대해 깊이 걱정하지 않았다.

회사 동료 중 한 명이 외벌이 가족이었다. 아내가 주부인데 아이를 종일반 유치원에 보낸다는 말을 들었다. 엄마가 집에 있는데 왜 아이를 하루 종일 유치원에 보내는지 궁금해서 조심스럽게 동료에게 물어보았다. 동료는 아내가 하루 종일 아이 보는 것이 힘들어서 종일반에 보낸다고 했다. 그제야 아차 싶었다. 반일반을 선택하면서 남편에게 충분히 물어보지 않았다. 혼자서 힘들지는 않을지, 패기 있게 하는 말인지, 아니면 단순히 돈 때문인지. 나는 온종일 육아를 자처한 남편에게 고맙다고 말했어야 했다. 혼자서 힘들 텐데 아이들과 오랜 시간 함께해줘서 고맙다고 말이다.

맞벌이 부부가 등장하는 드라마를 보면 아이의 등하원 시간에 땀을 뻘뻘 흘리며 겨우 어린이집에 도착하는 장면을 자주 보게 된다. 얼마 전, 회사에서 맞벌이 남자 동료가 근무 중에 아내에게서 연락을 받았다. 어린이집에 있던 아이가 갑자기 열이 많이 나서 병원에 데려가야 할 것 같다는 전화였다. 부부는 모두 근무 중이었고 아내가 남편에게 휴가를 낼 수 있냐고 물어봤지만 동료는 급한 업무 때문에 휴가를 낼 수 없었다. 결국 아내가 급히 휴가를 내고 아이에게 달려갔다. 동료는 양가 부모님이 모두 멀리 계셔서 급히 부탁할 곳이 없기 때문에 아이가 아프다고 연락을 받을 때마다 이런 어려움을 겪는다.

이런 상황을 볼 때마다 나는 남편에게 고마움을 느낀다. 맞벌이에 비해 경제적으로는 부족할지 모르지만, 나는 어떤 상황에서도 남편을 믿고 일에 집중할 수 있기 때문이다. 남편은 평소에는 감성적이 지만 다급한 상황이 되면 오히려 이성적으로 변한다. 내게 연락하면 내가 하던 일을 멈추고 달려올까 봐 퇴근 이후에야 이야기를 꺼낸다. 이야기를 들어보면 혼자 해결하기 힘든 일들도 더러 있다. 왜 연락하지 않았냐고 물으면 남편은 이렇게 대답한다.

"해결했으면 됐지. 정말 급했으면 연락했을 거야. 너한테 연락해도 네가 해줄 수 있는 것도 없는데 괜히 신경 쓰이게 뭐 하러 연락을 해. 지금 얘기하면 되지."

남편은 내가 생각하지 못한 부분까지 배려해 준다. 남편의 헌신 덕분에 나에게 출근은 언제나 편안한 디폴트 값이 되었다. 외벌이 가장들이 마음 편히 일에 집중할 수 있는 이유는 집에서 가족을 돌보며 묵묵히 헌신하는 배우자 덕분이라는 것을 잊지 말자. 그들의 보이지 않는 노력과 사랑이 우리 가정의 든든한 버팀목이 된다.

07

듣고 싶은 한마디 말,
고마워

> "감사를 많이 한다고 해서 힘든 시기가 오지 않는 것은 아니다. 그러나 감사는 이러한 시기를 큰 상처 없이 잘 넘기게 해주며 삶을 오히려 풍성하게 만들어준다."
>
> 뇌르 넬슨

누구나 듣고 싶은 말

외벌이 워킹맘이 되면서 남편과 나는 집안일을 구분 짓지 않았다. 육아 휴직 중에 외벌이가 된 나는 부엌일과 식사 준비 그리고 화장실 청소를 전담했고, 청소나 빨래는 서로 도우며 함께 했다. 문제는 복직 이후였다. 나는 아침밥 준비와 화장실 청소를 담당하니 빨래와 청소는 당연히 남편이 해야 한다고 생각했다. 주말에 쉬고 있어도 나는 빨래에 손을 대지 않았다. 퇴근해서 깨끗한 집을 보아도 그저 당연한 일이라고 생각했다. 그렇게 합의되지 않은 무언의 가사 분담이 지속되었다. '각자의 할 일을 묵묵히 잘 해내고 있구나.'라고 생각했기 때문에 고마운 일이라고 여기지 못했다.

어느 날 퇴근해서 집에 들어왔는데 집이 아주 깔끔하게 청소되어 있었다. 한눈에 보기에도 깨끗해서 마음속으로만 '웬일로 깨끗하게 청소를 해놨네?'라고 생각했다. 저녁 식사 중에 남편이 나에게 물었다.

"집에 뭐 달라진 거 없어?"
"집이 왜? 뭐 했어?"
"깨끗해지지 않았냐고."
"아, 청소했다고? 난 또 뭐라고. 그래 깨끗해졌더라."
"청소해서 깨끗해졌다는 말보다 고맙다는 말 한마디가 더 기분 좋은데 그 말 한번 듣기 어렵군."

남편의 마지막 말에 나는 수년간 아침밥을 준비하며 듣고 싶었던 바로 그 한마디가 떠올랐다.

"고마워, 고생했어."

고맙다는 한마디는 나만 듣고 싶은 말이 아니었다. 남편의 말 한마디가 내 가슴을 먹먹하게 만들었다. 각자의 자리에서 할 일을 묵묵히 해주는 것. 그건 당연한 일이 아니라 그 자체만으로도 서로에게 고마운 일이었다. 그날의 일은 내 생각을 완전히 바꾸는 계기가 되었다.

나는 하루 종일 있었던 일은 잘 이야기하지만 가장 중요한 감정 표현에는 서툴렀다. 고마운 마음이 들면 고맙다고, 힘들거나 속상한 마음이 들면 솔직하게 말할 줄 알아야 했다. 나는 감정을 이야기할 때면 눈물부터 난다. 여전히 누군가에게 내 마음을 표현하는 것이 익숙하지 않지만 노력하고 실천을 하니 조금씩 편해지고 있다. 그날 이후로, 나는 더 자주 고맙다고 말하고 남편의 노력에 대해 진심으로 감사하는 법을 배워가고 있다.

예의를 지켜주세요

얼마 전 개그우먼 장도연의 유튜브 채널에 신동엽이 게스트로 나와 가족에 대해 이야기하는 장면을 봤다. 장도연은 비교적 부모님께 살갑게 하는 애교 많은 딸이었는데 한번은 엄마랑 다툰 뒤 어색한 시간을 보내고 있다고 했다. 장도연은 어색한 시간이 싫어 검색사이트에 '모녀가 싸운 뒤 화해하는 법'으로 검색했다. 검색 결과

많은 사람이 부모와 다툰 뒤 상처를 받고 해결 방법을 묻는 글들이 올라와 있었다고 한다. 그 질문 중의 한 답변을 보고 장도연은 '아! 이거다!'라며 공감했다며 댓글을 읽어주었다.

"가족을 너무 사랑하려고 하지 마세요. 가족과 오랫동안 잘 지내는 방법은 예의를 지키는 것입니다."

나는 타인에게는 한없이 친절하지만, 남편에게는 무뚝뚝한 사람이었다. 남편은 내가 퉁명스럽게 말할 때면 "다른 사람들에게 하는 것의 반만이라도 나에게 해주면 좋겠어."라고 말하곤 했다. 가장 가까이에 있는 남편에게조차 최소한의 예의를 지키지 못했다. 그러면서 나는 존중받기를 바랐다. 어쩌면 나의 이런 마음은 경제 활동을 한다는 이유로 내가 없으면 우리 가족이 행복하지 못할 것이라는 큰 착각에서 비롯된 것일지도 모른다. 그러나 내 마음이 감사의 마음으로 바뀐 뒤로는 남편에게 건네는 말 한마디, 행동 하나하나에 감사한 마음을 담게 되었다.

가는 말이 고우면 웃음꽃도 핀다

집이 어질러져 있던 주말이었다. 나는 몇 달째 테니스엘보로 인해 팔이 아파 고생하고 있었다. 예전 같았으면 빨래하고 있는 남편을 보면서도 내 할 일을 하며 쉬고 있었을 것이다. 그러나 그날은 아이들에게 "아빠 혼자 하면 외로우니까 우리 같이 빨래 널자!"라고 이야기하며 남편에게 다가갔다. 남편의 얼굴에 행복한 미소가 번졌다. 우리 가족은 함께 빨래를 널며 깔깔거리며 웃음을 터뜨렸다. 그 순간, 나는 소소한 일상이라도 마음가짐과 행동에 따라 얼마든지 행복을 느낄 수 있다는 것을 깨달았다. 말 한마디가 우리 가족의 일상을 더욱 소중하게 만들었다.

타인에게는 너무도 쉽게 "감사합니다. 고맙습니다.", "덕분에 잘 지내고 있습니다."라고 말하던 내가 정작 남편에게는 그런 말을 하지 못했다. '그동안 얼마나 외로웠을까?'하는 생각이 들었다. 많이 늦었지만 나는 남편에게 "당신 덕분에 내가 그리고 우리 가족이 행복할 수 있다는 것을 너무 늦게 깨달아 미안해."라고 말했다. 그리고 오랫동안 듣고 싶었던 단 한마디 "고마워."라고 전했다. 가장 가까이 있는 가족에게 전하는 작은 말 한마디가 얼마나 큰 행복을 가져다주는지 새삼 깨달았다.

마지막이 되어서야 알게 되는 사랑

몇 년 전 9.11 테러 사건에 대한 다큐 시리즈를 보았다. 추락하는 비행기의 희생자들, 무너지는 건물 속의 희생자들이 죽기 전에 남긴 마지막 말들을 실제 육성으로 듣고, 문자로 확인할 수 있었다. 죽음의 문 앞에서 모든 사람은 오직 한 가지만을 떠올렸다. 그것은 바로 '사랑'이다.

"엄마! 건물이 불에 휩싸였어. 벽으로 막 연기가 들어오고 있어. 도저히 숨을 쉴 수가 없어. 엄마. 사랑해! 안녕."

"여보! 우리 비행기가 피랍됐어. 아무래도 여기 탄 사람 모두 죽을 것 같아. 사랑해 여보!"

"여보! 나 브라이언이야. 당신을 다시 볼 수 있게 되면 좋겠어. 만약 그렇게 되지 못한다면, 인생을 즐겁게 그리고 최선을 다해 살길 바랄게. 어떤 상황에서도 내가 당신 사랑하는 거 알지? 나중에 다시 봐."

우리는 가까이에 있는 사람들에게 "고맙다.", "사랑한다."는 말을 어색하다는 이유로 쉽게 하지 못한다. 소중한 것은 잃어버린 후에야 그 진가를 깨닫게 된다는 진리를 잊고 살았다. 엘리자베스 퀴블러 로스는 그녀의 저서인 『인생 수업』마지막 부분에 이렇게 당부했다. "생의 마지막 순간에 간절히 원하게 될 것, 그것을 지금 하십시오." 내가 듣고 싶은 말은 상대도 듣고 싶다는 것을 꼭 기억하자. 사랑하는 사람들에게 지금 그 말을 전하자. 우리가 느끼는 사랑은 말로 표현할 때 비로소 빛을 발한다. 오늘 바로 그 소중한 마음을 전함으로써 우리는 후회 없는 삶을 만들어 갈 수 있다.

3장

내가 가진
가장의 재능,
꾸준함!

01

세금 없는 자산,
꾸준함

회사는 아빠처럼 다녀야 하는구나

아빠는 40년 이상을 외벌이 가장으로 살아오셨다. 매일 새벽 5시에 일어나 엄마가 정성껏 차려 놓은 아침 식사를 드시고 출근하셨다. 나는 아빠가 지각하거나 늦잠을 주무시거나 만취해서 들어오시는 모습을 단 한 번도 보지 못했다. 아빠가 근무하던 시절은 주 6일 근무에 일요일도 없이 일할 때였다.

토요일에는 아빠가 퇴근하면 가족들이 차를 타고 교외로 놀러 갔다. 아빠는 유일하게 쉴 수 있는 주말 시간마저 가족들과 추억 하나를 더 만들기 위해 노력하셨다. 어릴 때부터 아빠의 이런 모습을 보고 자란 나는 '회사는 아빠처럼 다녀야 하는구나.'라고 생각했다.

내가 고등학교 3학년 때 IMF 여파로 취업 불황기였다. IMF 전까지 졸업 전 전교생 100% 취업을 자랑하던 우리 학교도 이 불황에는 뾰족한 수가 없었다. 3학년 2학기에 첫 번째로 들어온 대기업 특채는 각 반의 1등에게만 기회가 주어졌다. 수능 준비를 하고 있던 나에게도 선택의 기회가 찾아왔다.

해당 회사에는 이미 전년도 졸업생 중 1등부터 4등까지 4명의 선배가 근무 중이었다. 부모님과 상의 끝에 취업을 하기로 결정했다. 그렇게 고등학교 3학년, 19살의 나이에 첫 사회생활을 시작하게 되었다. 그리고 지금까지 25년이라는 시간 동안 꾸준히 직장인으로 살고 있다.

아빠의 성실함과 꾸준함을 보며 자란 나에게 출근은 너무나도 당연한 일이었다. 아빠의 꾸준한 삶의 방식은 나에게 크나큰 영향을 주었고, 나 또한 아빠처럼 성실하게 살고자 했다. 첫 사회생활을 시작할 때의 긴장과 설렘은 지금도 생생하다. 아빠의 모습을 떠올리며 나도 하루하루 최선을 다 해내고 있었다. 이제 돌아보니 부모님의 성실함이야말로 나에게 가장 큰 자산이었다.

평생 쉬지 않고 도전하는 엄마의 모습

어릴 적 기억을 더듬어 보면 엄마는 새로운 도전을 즐기는 여성이었다. 주부로서의 역할을 다하면서도 끊임없이 무언가를 배우셨다. 아빠 회사에서 열리는 무료 강좌에 엄마 손을 잡고 졸졸 따라다닌 기억이 있다. 지점토, 홈패션, POP 글씨 쓰기 등 다양한 분야에 도전하셨다. 아빠가 퇴직하신 뒤에는 가계 경제를 위해 잘 보이지 않는 눈으로 요양보호사 자격증까지 취득하셨다. 엄마는 60세가 넘으신 나이에도 요양보호사로 80세가 넘은 어르신들을 돕는 일을 하셨다.

인터넷이 본격적으로 시작되었을 때는 구청에서 열어주는 무료 컴퓨터 강좌를 듣고 컴퓨터와 친해지셨다. 스마트폰이 출시되자 실버 세대를 위한 무료 스마트폰 강좌를 들으며 시대에 뒤처지지 않기 위해 노력하셨다. 지금은 한쪽 눈이 보이지 않음에도 불구하고 핸드폰 다루는 솜씨가 나보다 더 뛰어나다. 손놀림은 느리지만 끝까지 잘 해내는 모습을 보면 매번 감탄하게 된다.

엄마는 컴퓨터를 사용하다가도 수십 번 시도한 끝에 정말 해결하기 힘들 때만 나에게 도움을 요청하신다. 나는 엄마가 원하는 것을 대신 해드리지 않는다. 처음부터 끝까지 내가 직접 해 보이며 천천히 설명해 드리면 엄마는 녹음, 캡처, 메모 등의 방법으로 꼼꼼히 기록한다. 내 설명이 끝나면 엄마가 직접 해볼 수 있는 실습 시간을 드린다. 그렇게 두세 번 정도 반복해서 메모를 보며 엄마가 스스로 하는 모습을 확인하면 나의 역할은 끝난다.

엄마의 이런 꾸준함과 도전 정신 덕분에 나는 실패를 두려워하지 않고 끝까지 해내는 사람이 될 수 있었다. 엄마와 아빠의 성실함과 끊임없는 도전 정신 덕분에 나는 어떤 어려움이 있더라도 끝까지 해내는 용기를 가지게 되었다.

자식은 부모의 거울이다

부모가 자식에게 물려줄 수 있는 것은 무엇일까? 좋은 환경, 경제적 여유, 좋은 유전자, 망하지 않을 사업, 수준 높은 문화. 이런 좋은 것들을 물려주면 참 좋겠지만 나는 지극히 평범한 사람이다. 어느 날 서울대 재정학과 이준구 교수님의 강의를 보게 되었다. 교수님은 자녀에게 평소 중요하게 여기는 다섯 가지 습관을 늘 강조하신다고 한다.

다섯 가지는 '시간 약속 잘 지키기, 끼니 거르지 않고 건강한 음식 잘 챙겨 먹기, 꾸준히 운동하기, 휴식 잘 취하기, 스트레스받지 않기.'이다. 그 강연으로 보고 나는 '자녀에게 물려줄 유산이 꼭 거창할 필요가 있을까?'라는 생각을 하게 되었다.

'자식은 부모의 거울이다.'이 말에는 생김새가 닮았다는 뜻도 있지만, 행동이나 태도가 비슷해진다는 의미가 더 크다. 특히 어린아이일수록 평소 부모의 생활이나 언어 습관을 쉽게 따라 배우기 때문에 자녀의 행동을 보면 부모의 모습이 보인다고 말한다. 자녀는 말이나 행동뿐만이 아니라 부모의 심성, 됨됨이도 함께 습득하게 된다.

유튜브에서 한 가정의 홈캠에 찍힌 영상이 화제가 된 적이 있다. 홈캠은 거실을 비추고 있었다. 남편은 아내가 청소할 때마다 항상 아내를 도왔다. 아내가 바닥을 닦거나 청소기를 돌릴 때면 남편은 장난감을 치우고 놀이 매트를 들어 올렸다. 호기심 많은 돌쟁이 아들은 옆에서 이를 매일 지켜보았다.

아빠가 없던 어느 날, 바닥을 닦고 있는 엄마를 본 아들이 뒤뚱뒤뚱 엄마에게 다가갔다. 그러더니 갑자기 아빠가 그랬던 것처럼 놀이 매트를 들어 올리는 것이다. 아빠의 행동을 그대로 따라 한 아이. 순간 엄마는 너무 기뻐서 아이를 안고 뽀뽀하며 손뼉을 치고 제자리에서 기쁨의 점프를 뛰었다. 아빠 엄마의 꾸준함이 돌쟁이 아이를 통해 빛을 발하는 순간이었다.

나는 아침에 일어나자마자 항상 이부자리를 정리한다. 매일 반복하는 이 작은 습관이 자연스럽게 아이들에게도 전해졌다. 처음에는 힘들어하기도 했지만 꾸준히 해온 덕분에 이제는 아이들도 스스로 이부자리를 정리한다. '자식은 부모의 거울이다'라는 말을, 아이를 키우면서 더 실감하게 된다. 아이의 잘못된 행동 역시 부모의 영향을 받는다는 사실에 책임감과 의무감이 크게 느껴진다.

몇 년 전 예능 프로그램에 출연한 아이유가 기부왕이 된 계기를 이야기해 준 적이 있다. 꾸준히 선행을 실천 중인 아이유는 어머니로부터 큰 영향을 받았다고 했다. 어머니의 꿈은 보육원을 운영하는 것이었고, 지금도 그 꿈을 이루기 위해 열심히 일을 하고 계신다고 한다. 어렸을 때는 예쁨을 독차지하고 싶은 마음에 엄마의 보육원 꿈이 싫었지만, 자라면서 엄마의 마음이 자랑스러워졌고 그런 엄마의 모습을 많이 닮게 되었다고 했다. 아이유는 경제적으로 어려운 가정 환경에서 성장했음에도 불구하고 부모님과 아이유를 키워주신 할머니의 훌륭한 심성과 됨됨이를 물려받았다.

자녀에게 물질적인 것을 물려줄 수 있다는 것은 참 감사한 일이다. 하지만 아무리 많은 금은보화를 물려준다 한들 올바른 심성과 됨됨이가 뒷받침되지 않으면 그저 돌덩이에 불과하다. 부모가 소신 있게 좋은 습관을 꾸준히 이어가는 모습을 보여주는 것. 그것이야말로 자녀에게 줄 수 있는 최고의 선물이 아닐까? 세금 없이 물려줄 수 있는 유일한 자산은 부모의 꾸준함과 올바른 행동이라는 점을 기억하자.

열등감이 자라면
뭐가 될까?

> "우리는 남의 기쁨에서 우리 자신의 슬픔을 뽑아오고, 남의 슬픔에서
> 우리의 기쁨을 얻어 온다."
>
> 오웬 펠덤

재벌집 막내아들도 아닌데 레벨이라니

고등학생 신분으로 첫 월급을 받은 날, 은행 ATM 앞에 서서 통장 정리를 하던 순간을 잊지 못한다. 물론 통장 관리는 엄마가 하셨기 때문에 통장에 찍힌 숫자만 확인할 수 있었다. 하지만 통장에 찍힌 숫자를 보며 내가 일해서 돈을 벌었다는 사실에 내 자신이 너무 기특했다. 취업 불황기에 취업한 터라 친척들에게도 많은 축하를 받았다. 마냥 행복할 것만 같았지만, 고등학교 졸업 이후 나에게 '상처'라는 아이가 불쑥 찾아왔다.

고등학교를 졸업했을 당시 '아이러브 스쿨'이라는 친구 찾기 플랫폼이 유행이었다. 동네를 함께 누비고 다니던 초등학교 친구들이 보고 싶어 초등학교 동창 모임에 가입했다. 7년 만에 만난 동창들은 하나같이 대학 생활을 즐기고 있었다. 수십 명의 친구 중 나처럼 회사에 취업한 친구는 단 한 명도 없었다. 처음엔 나와 같은 길을 가고 있는 친구가 한 명도 없다는 사실에 기분이 묘했다. 하지만 속상하거나 우울하지 않았다. 오히려 친구들을 만나면 다시 어린 시절로 돌아간 것처럼 즐거웠다.

초등학교 동창 모임에서 첫 남자 친구를 사귀게 되었다. 남자 친구의 형과 우리 오빠는 친한 친구였고, 남자 친구의 엄마와 우리 엄마는 한 동네에서 10년 이상 서로의 집에 놀러 다닐 만큼 친한 이웃이었다. 사귀기 시작한 지 3일째 되는 날이었다. 남자 친구와 손을 잡고 집 앞을 걸어가다가 남자 친구 엄마와 마주쳤다. 나쁜 짓을 한 것도 아닌데 마치 나쁜 짓 하다 걸린 아이들처럼 급하게 손을 빼고 인사를 했다. 남자 친구 엄마는 웃으며 인사를 받아주시고는 집으로 들어갔다. 친구들과 공원에서 놀고 있는데 내 검은색 애니콜 전화벨이 울렸다. 엄마였다.

"너 어디야! 당장 들어와!"

대답할 틈도 없이 화가 난 엄마가 전화를 끊어버렸다. 집에 돌아가는 길에 아무리 생각해 봐도 혼날 만한 일을 한 적이 없었다. 현관문을 열고 들어서자마자 엄마는 아무런 설명도 없이 내 휴대폰을 빼앗았다. 너무 황당해서 이유라도 설명해달라고 했다. 엄마는 잔뜩 화난 목소리로 말씀하셨다.

조금 전에 마주쳤던 남자 친구의 엄마가 우리 엄마에게 전화한 것이다. 내용인즉, 본인 아들과 나는 학벌 레벨이 맞지 않으니 만나지 못하게 정리해달라는 것이었다. 더 화가 나는 건, 본인은 아들에게 얘기하지 않을 테니 내가 아들에게 헤어지자고 말하라는 협박이나 다름없는 부탁이었다.

엄마는 나한테 화가 난 것이 아니었다. 아줌마는 우리 집안의 분위기도 알고 아이들이 어떤 가정 환경에서 자랐는지도 잘 아는 사람이었다. 엄마의 말을 듣는 순간 분노가 치밀어 올랐다. 나의 학벌 때문에 엄마가 이런 수모를 당했다는 것이 미치도록 속상했다. 한 시간 전에 내 앞에서 웃으며 인사를 받았던 분이 이런 전화를 했다는 것이 나에겐 너무 충격이었다. 눈물이 멈추지 않았다. 그러고는 엄마한테 하지 말아야 할 말을 뱉어버렸다.

"엄마는 왜 날 그런 학교에 보내서 이렇게 힘들게 해? 왜 그 학교에 가라고 했어! 왜 내 학벌 때문에 엄마까지 이런 얘기를 들어야 하냐고!"

아줌마 전화로 이미 상처를 받은 엄마에게 나는 돌이킬 수 없는 더 깊은 상처를 남겼다. 하지만 그 당시엔 엄마가 너무 원망스러웠다. 처음으로 내가 친구들과 완전히 다른 세상에 살고 있다는 느낌이 들었다. 돈을 번다는 사실이 하나도 기쁘지 않았다. 대학교에 다니면서 엠티도 가고 미팅도 하며 평범하게 사는 친구들이 처음으로 부러웠다. 내 자존감은 바닥으로 떨어졌다. 몇 시간을 침대에 누워 눈물을 쏟아내다 잠이 들었다.

눈을 뜨고 침대에 걸터앉아 내가 가장 먼저 해야 할 일을 생각했다. 엄마에게 핸드폰을 받아 한치의 미련도 없이 남자 친구에게 헤어지자고 문자를 보냈다. 남자 친구는 뜬금없이 무슨 말이냐고 물었다. "이유는 너희 엄마가 아실 거야. 엄마한테 여쭤봐."라고 보내고 남자 친구의 연락처를 차단했다. 그렇게 나는 첫 번째 남자 친구 엄마로부터 학벌이라는 '열등감 씨앗'을 선물 받았다. 당장이라도 쓰레기통에 버리고 싶었지만 그 씨앗을 버릴 수 없었다. 어떻게 해서든 잘 키워 내는 것이 최고의 복수라고 생각했다.

이번에는 격 떨어지는 여자 친구

회사에 다니면서 대학을 졸업하겠다는 목표로 야간 전문대에 입학했다. 낮에는 회사에서 일을 하고, 밤에는 학교에서 공부했다. 그 바쁜 와중에 두 번째 남자 친구가 생겼다. 회사, 학교, 연애 세 마리 토끼를 잡고 있었지만 힘들지 않았다. 당시엔 남자 친구와 음성사서함 비밀번호, 이메일 비밀번호 등을 공유하는 것이 유행이었다.

남자 친구와 1년 넘게 사귀고 있을 때쯤이었다. 아무 생각 없이 회사에서 남자 친구의 이메일에 들어가 보았다. 수신 메일함에, 눈에 띄는 제목이 보였다. 남자 친구 엄마가 보낸 메일이었다. 제목은 '아들에게'였다. "엄마와 메일을 주고받는 아들이라니!" 로맨틱하다고 생각하며 메일을 클릭했다. 한 줄 한 줄 읽어 내려갈 때마다 악몽 같은 첫 번째 남자 친구의 엄마가 떠올랐다. 이미 내 눈엔 주체할 수 없는 눈물이 흘러내리고 있었다.

"아들아, 엄마야. 아들이 처음으로 여자 친구가 생겼다고 이야기해서 기대도 됐고 어떤 아이인지 궁금했어. 그런데 너의 얘기를 듣고 많이 속상했단다. 너는 아직 어리고 다양한 경험을 하는 것은 나쁘지 않다고 생각해. 하지만 사람을 만날 때는 '격'이라는 게 있어. 너의 격에 맞는 사람을 만났으면 한다. 어차피 지금은 스쳐 지나가는 인연이라 생각하고 가볍게 만나고 헤어질 거라 믿는다. 네 친척 그리고 어른들에게 부끄럽지 않은 모습을 보여주길 바란다. 믿을 게, 아들!"

나는 두 번째 남자 친구 엄마로부터 또 한 개의 열등감 씨앗을 선물 받았다. 내 모든 노력에도 불구하고 내면보다는 학벌만 보는 어른들의 모습에 이 세상의 어른들이 두려웠다. 되돌릴 수 없는 나의 과거가 또 한 번 원망스러웠다. 하지만 과거를 원망만 하고 있을 수는 없었다. 마음을 가다듬고 곰곰이 생각해 보았다. '앞으로 외적으로든 내적으로든 가치 있는 사람이 되려면 어떤 노력을 해야 할까? 나에게 부족한 점은 무엇일까? 나라는 사람을 매력적으로 만들기 위해 내가 뭘 해야 하지?' 스스로에게 많은 질문을 던지며 남자 친구 엄마들이 쏟아낸 말들의 원인을 그들이 아닌 '나'에게서 찾기 시작했다.

나와 대화도 한 번 안 해본 사람들이 나의 내면을 알아봐 주길 바라는 것은 어불성설이었다. 나는 학벌이 부족하다는 것을 냉정하게 인정하고 받아들였다. 그리고 부족함을 극복하기 위해 내가 할 수 있는 것에 집중했다. 그 당시에는 충격으로 세상이 불공평하다고 생각하며 울기도 했고, 분노도 일었지만 좌절하기엔 열심히 살아온 나 자신이 너무 소중하고 아까웠다.

열등감 씨앗을 믿음의 씨앗으로

열등감이란 타인과의 끊임없는 비교에서 비롯된다. '나랑 같이 학원 다니던 친구인데 명문대에 다니네?', '나보다 공부 못 했던 애들인데 쟤네들도 저 학교에 갔네?', '나도 평범한 고등학교에 갔으면 잘할 수 있었을 텐데. 그럼 적어도 이런 말은 안 들을 수 있었을 텐데.' 이런 생각이 수도 없이 들었던 것도 사실이다. 하지만 좌절하고 열등감에 사로잡혀 평생을 내가 만든 지옥에서 살 수는 없었다.

나는 남들과의 비교는 멈추고 오늘의 나와 과거의 나만 비교하기로 결심했다. 그들이 내게 선물해 준 열등감이라는 씨앗을 나를 위해 잘 키워보기로 했다. 이 열등감 씨앗이 분명히 나를 더 멋진 사람으로 변화시켜 줄 것이라 믿었다. 그 이후로 학부에 편입하여 4년제 대학을 졸업하고 대학원까지 마쳤다. 가정, 회사, 학교를 병행하는 과정은 쉽지 않았지만 나는 내 자신을 믿고 꾸준히 노력했다.

내가 지치지 않고 모든 것을 병행할 수 있었던 것은 열등감이라는 씨앗을 타인이 아닌 나를 위해 키웠기 때문이다. 나는 하루하루 성장해 가는 나 자신만을 생각했다. 이 열등감 씨앗은 두 번째 회사에서도 계약직인 내가 공채들과 경쟁해야 하는 매 순간 빛을 발했다. 열등감의 씨앗이 없었다면 그들과의 경쟁에서 미리 포기하거나 좌절했을지도 모른다. 하지만 나는 내가 해야 하는 것, 내가 할 수 있는 것에만 집중했다.

그들이 적당히 할 때 나는 빈틈없이 준비하고 보완하며 끊임없이 노력했다. 공채들과의 경쟁에서 내가 보여줄 수 있는 것은 과정이 아니라 결과뿐이었다. 비록 냉정한 사회에서는 결과로만 판단 받지만, 실패하더라도 분명히 내게 남는 것이 있었다.

목표를 향해 달려가는 과정은 그 누구도 대신할 수 없는 나만의 경험이다. 그 경험들이 쌓여 나의 가치를 조금씩 높여주고 있었다. 내가 열등감 씨앗을 선물이라고 표현한 이유는, 그 덕분에 꾸준히 나를 성장시킬 수 있었기 때문이다. 열등감 씨앗은 이제 온전히 내가 만든 믿음의 씨앗이 되었다. 나는 앞으로도 내가 만든 믿음의 씨앗에 꾸준히 물을 줄 것이다. 이 믿음의 씨앗을 열등감에 사로잡혀 있는 사람들에게 나누어 줄 것이다. 그들이 스스로를 믿고 앞으로 나아갈 수 있도록 돕고 싶다. 나의 이야기를 통해 그들도 열등감을 극복하고, 꾸준히 자신을 믿는 힘을 키워갈 수 있기를 바란다.

03

경험이 무기가 되는 순간

후회도 해 봐야지!

첫째 아이는 어렸을 때부터 첫 시작이 어려웠다. 장난감을 사주면 한참을 관찰하고도 만질 수 없어 엄마 손, 아빠 손을 끌어당기며 어떻게 다루는지 몇 번을 본 뒤에야 만지기 시작했다. 학원에 갈 때도 한 번에 가는 법이 없었다. 등록할 때까지도 수십 번의 설득이 필요했고, 등록한 뒤에도 얼마 동안은 아빠가 학원에 함께 있어야 하는 아이였다.

바퀴 달린 것을 좋아했던 첫째 아이가 여섯 살쯤 되었을 때, 빨리 달리는 기차가 보고 싶다고 했다. 복직 날짜가 얼마 남지 않았던 나는 아이와 함께하는 추억을 하나라도 더 만들고 싶어 서울역으로 향했다.

플랫폼으로 내려가 기차 없는 기찻길을 구경하고 있었다. 얼마 지나지 않아 KTX 열차가 들어온다는 안내방송이 흘러나왔고 아이와 나는 설레는 마음으로 기차를 기다렸다. 저 멀리서 KTX가 시원한 바람과 함께 우리를 향해 들어왔다. 정차한 기차를 구경하고 있는데 운전석이 위치한 제일 앞칸에서 "퍽" 소리가 나며 문이 열렸다.

기관사님이 문 쪽으로 나와 우리를 보며 밝은 얼굴로 손을 흔들어 주셨다. 나도 문 열린 운전석은 처음 보는 광경이라 신기한 눈으로 아이와 함께 기관사님께 손을 흔들었다. 기관사님은 우리에게 열차 앞으로 가까이 와보라고 손짓하셨다. 나는 주뼛거리는 아이의 손을 잡고 열차 앞으로 다가갔다.

"몇 살이에요?"

아이는 내 등 뒤로 숨으며 손가락 여섯 개만 빼꼼 내밀었다. 기관사님은 웃으시며 아이에게 운전석으로 올라와 보라고 하셨다. 생각지도 못한 제안에 나는 너무 신나서 아이에게 올라가 보라고 말하며 아이를 끌어당겼다. 그런데 아이는 있는 힘껏 온몸에 힘을 주며 한 발짝도 움직이지 않았다. 기관사님은 실내가 어두워서 아이가 무서 워할까 봐 실내 등을 환하게 켜주시며 적극적으로 아이를 설득하셨 다. 아이는 기관사님과 나의 설득이 더해질수록 얼굴이 일그러지며 부동의 자세를 유지했다.

"이제 마지막이야. 이번에 올라오지 않으면 평생 KTX 운전석에 올라올 수 있는 경험은 못 하는 거야. 나중에 커서 후회하지 말고 얼 른 올라와."

기관사님의 마지막 권유에도 아이는 올라가지 않았고, 올라가지 않은 것을 절대 후회하지 않겠냐는 나의 질문에 "네."라고 대답하며 기관사님과 인사를 하고 집으로 돌아왔다. 엄마로서는 안타까운 하 루였지만, 나는 아이가 거절했던 그 순간의 기억을 잊지 않기만을 바랐다.

이번에도 후회만 할 거야?
몇 년 뒤 수영 학원 선생님에게서 연락이 왔다. 그는 재원생 중 기 록이 상위권인 아이들을 대회에 내보내고 싶다고 했고, 그중 한 명 이 첫째 아이라고 했다. 남편과 나는 아이의 성향을 너무 잘 알고 있었기에 설득이 어려울 것 같다고 말씀드렸다. 선생님은 본인도 아이에게 이야기할 테니 집에서도 설득해 달라고 부탁했다. 아니나 다를까 아이의 반응은 우리 예상을 빗나가지 않았다. 심지어 대회를 나가라고 하면 학원을 끊겠다는 선언까지 했다. 그 순간, 나는 KTX 사건이 떠올랐다.

"몇 년 전 네가 두려움으로 타지 못했던 KTX 기억나니? 기회는 항상 오는 것이 아니란다. 엄마는 뭐든지 경험할 기회가 왔을 때 도전하는 것은 의미 있다고 생각해. 잘하지 않아도 괜찮고, 꼴찌여도 상관없어. 중요한 것은 잘하는 것보다 경험했다는 것이 중요한 거야. 이런 작은 경험들이 쌓이면 네가 절실히 필요할 때 사용할 수 있는 무기가 될 수도 있거든."

첫째 아이는 내 말을 듣더니 KTX 사건이 떠올랐는지 "그때 아저씨가 타라고 할 때 탈걸. 내가 그걸 왜 안 탔는지 모르겠어."라고 말하며 조그마한 목소리로 "대회에 나가볼까?"라고 말하는 것이었다. 그렇게 아이는 생애 첫 수영 대회에 나가게 되었다. 서울시 전체 학생들이 출전하는 꽤 큰 대회였다. TV에서나 보던 다이빙으로 출발해야 했다. 하지만 아이는 다이빙 연습을 두세 번밖에 해보지 않은 상태였다. 구경 온 사람들을 보자 아이는 두려웠는지 수영복까지

다 입은 상황에서 다시 한번 망설였다.

첫째 아이를 겨우 설득해 경기장으로 들여보냈다. 출발선에 서서 포기하고 돌아올까 봐 아이가 출발하기 전까지 마음을 놓을 수 없었다. 무엇이든 시작하는 것을 두려워했던 아이가 난생처음 스타트라인에 서서 호루라기 소리를 듣고 출발했다. 결과는 중요하지 않았다. 대회에 나가서 출발한 것만으로도 너무 기특했고 무한한 응원을 보내주고 싶은 마음뿐이었다.

하늘이 결과는 중요하지 않다는 내 마음의 소리를 들은 걸까? 첫째 아이가 출발한 뒤 몇 미터 가지 않아 라인 쪽으로 방향을 틀더니 라인을 잡고 멈춰섰다. 아뿔싸! 다이빙하면서 물안경이 뒤집힌 것이다. 아이가 물안경을 다시 쓰는 동안 이미 친구들은 따라잡을 수 없을 만큼 앞서 나갔다. 나는 물안경을 쓰며 당황해하는 아이를 보며 '다시 출발점으로 돌아오면 어쩌지!'라는 걱정을 하던 순간. 아이는 물안경을 쓰고 다시 앞으로 나아가기 시작했다. 열심히 발차기를 하며 나아가는 아이를 보자 내 눈에는 뜨거운 눈물이 흘렀다.

첫째 아이는 꼴찌로 들어왔고 관중들의 박수와 응원이 이어졌다. 처음 출전한 첫 경기에서 물안경이 벗겨지는 상황 속에서도 끝까지 포기하지 않고 완주하는 모습을 보니 너무 대견하고 당장이라도 물속에 뛰어들어 안아주고 싶었다. 풀이 죽어있을 것 같아 걱정되는 마음으로 뛰어 내려가 마주한 아이는 오히려 아쉬워하며 멋쩍게 웃고 있었다.

이 경험으로 첫째 아이는 새로운 도전에 두려워하지 않는 사람으로 바뀌었다. 나처럼 호기심이 생기면 먹고 뜯고 맛보고 즐겨보는 아이가 되었다. 지금은 하고 싶은 것이 너무 많은 사춘기 소년이다. 만약 KTX 사건이 없었다면 아이는 수영 대회에 나가지 못했을 것이다. 수영 대회에서 물안경이 벗겨지는 경험을 못 했더라면 꼴찌라도 끝까지 완주하는 것이 얼마나 큰 의미가 있는지 알지 못했을 것이다.

이러한 소중한 경험들이 첫째 아이에게 인생을 살아가는 데 있어 가치 있는 경험의 무기가 될 것이라 믿는다. 영국의 소설가 올더스 헉슬리의 말을 떠올려 본다. "경험이란, 당신이 일어난 일 그 자체만을 의미하지 않는다. 진정한 경험이란, 그렇게 일어난 일에 당신이 어떻게 대처했냐는 것을 포함하는 것이다."

첫째 아이는 이제 도전에 대한 두려움 대신 그로부터 배우고 성장하는 법을 알게 되었다. 그 과정에서 얻은 작은 용기와 자신감이 아이의 삶을 더욱 풍요롭게 만들어 줄 거라 믿는다. 아이가 도전하고 경험하며 성장하는 모습을 지켜보며, "이 세상에 쓸모없는 경험은 없다."라는 말을 다시금 깊게 되새기게 된다.

04

의미 있는 허드렛일이란

> "태도는 나의 과거를 보여주는 도서관, 나의 현재를 말해주는 대변인, 나의 미래를 말해주는 예언자. 인생이 우리를 대하는 태도는 내가 인생을 대하는 태도에 달려있다. 태도가 결과를 결정한다." 존 맥스웰

윗사람한테 잘 보이려고 하는 거야?

미국의 제35대 대통령 존 F. 케네디가 미국항공우주국(NASA)을 방문했을 때의 일이다. 케네디 대통령은 건물의 로비를 지나다 콧노래를 부르며 바닥을 닦고 있는 한 청소부에게 다가가 물었다. "청소하는 일이 그토록 즐겁습니까?" 그러자 청소부는 자신에 찬 어조로 대통령에게 대답했다.

"대통령님, 저는 그저 평범한 청소부가 아닙니다. 인류를 달에 보내는 일을 돕고 있습니다."

나는 고참 대리 시절에도 상사들의 잔심부름을 마다하지 않았다. 지점장님들 회의가 있는 날이면 영업 시간보다 한 시간 반 일찍 출근해 다과를 준비했다. 종이컵이 아닌 커피잔을 사용했기 때문에 회의가 끝나면 설거지까지 마무리해야 했다. 미혼인 후배들보다 주부인 내가 하는 게 빨랐고 나에게는 어렵지 않은 일이었다.

지금은 시대가 많이 바뀌어서 여직원에게 커피 심부름을 시키면 이상한 눈으로 쳐다볼 것이다. 지금도 내 주변에 많은 사람들이 자신의 직급에 이런 하찮은 업무를 해야 하냐며 하소연을 털어놓기도 한다. 커피 타기, 동전 나르기, 객장 인주 밥 채우기, 선배들 인주 밥 채우기 등 수많은 허드렛일을 오래 해온 나로서는 직급이 올라가면 그 직급에 맞는 고상한 일을 해야 한다고 생각해 본 적이 없다.

나는 지금도 회사에 후배들이 많지만, 여전히 부장님 자리에 있는 커피 머신을 청소한다. 아무도 시키지 않았다. 단지 출근이 가장 빠른 내가 부장님이 오시면 모닝커피를 즐기실 수 있도록 내 컵을 닦으면서 함께 닦는 것뿐이다. 내가 커피 머신을 청소하는 것을 보거나 전해 들은 동료들이 가끔 의아한 눈으로 쳐다보며 질문한다. "그

걸 왜 하고 있어요? 귀찮잖아요?", "후배들 많은데 알아서 하게 두세요.", "부장님께 잘 보이려고 하는 거예요?"라고 대놓고 말하는 동료들도 있다.

모두 나에게 커피 머신 닦는 일은 고참인 네가 할 일이 아니라고 말한다. 하지만 사람들이 어떻게 말하고 어떻게 생각하든 나는 개의치 않는다. 커피 머신을 닦는 일은 햇볕 좋은 날 세차를 하는 것처럼 기분 좋은 하루를 시작하는 나만의 의미 있는 루틴이 되었기 때문이다.

하루는 회사 후배에게 메신저가 왔다. 그와 함께 일하고 있는 후배 한 명이 실망스러운 발언을 했다면서 하소연했다. 그는 출근하여 책상 정리 중에 쓰레기를 버리려고 했다. 그날따라 너무 일찍 출근한 탓에 전날 쓰레기통이 아직 비워지지 않은 상태였다. 미화원 여사님이 쓰레기통을 비워주실 때까지 기다렸다가 쓰레기통을 비워주신 여사님께 감사 인사를 했다. 그런데 그 모습을 본 그의 후배가 그에게 다가와 이렇게 말했다는 것이다.

"청소하는 사람들한테 그렇게까지 친절할 필요 없잖아요. 저들은 그렇게 대우해 주지 않아도 되는 사람들이에요. 그런 일 하라고 뽑았잖아요. 자기가 자기 일하는 건데 그게 왜 고마운 일이에요? 쓰레기통이 비어 있지 않으면 오히려 일을 빨리 안 했으니 뭐라고 해야죠. 왜 감사하다고 인사까지 하세요?"

내가 직접 들은 이야기가 아니었기에 그저 그런 일이 있었구나 하고 넘겼지만, 그의 후배가 정말 그렇게 얘기했다면 나로서는 납득할 수 없는 말이었다. '그런 대우를 해주지 않아도 되는 사람'이라는 말에 화도 나고 마음이 아팠다. 엄마가 생각났다. 손목이 부서져라 병원에서 청소 일을 해왔던 엄마.

누군가의 눈에는 청소하는 일이 하찮게 보일지 모르지만, 그분들이 없다면 그 공간은 곧바로 쓰레기장이 되고 말 것이다. 집에 있는 쓰레기통을 비우는 일이나 회사에서 내 쓰레기통을 치우는 일이나 모두 똑같이 중요한 일이다.

태도가 결과를 결정한다

내가 만약 회사에서 퇴사하고 1인 기업을 창업한다면 중요 업무부터 모든 허드렛일까지 혼자 감당해야 한다. 사무실에 손님이라도 오면 손님에게 차 한잔이라도 직접 대접해야 한다. '내가 고작 커피나 타려고 창업한 게 아닌데.'라는 생각에 자괴감을 느끼는 사람도 있을 것이다. 하지만 '어떻게 하면 손님의 입맛을 사로잡아 오늘의 미팅을 기억에 남는 순간으로 만들 수 있을까?'라고 생각해 본다면 하찮게 보이던 커피 타는 일이 의미 있는 일로 바뀔 것이다. 아브라함 링컨은 "이 세상에 천한 일은 없다. 다만 천한 마음을 가진 사람만 있을 뿐이다."라고 말했다.

미국의 어느 중년의 주부가 오랫동안 매일 반복되는 전업 주부의 역할을 '하우스 키퍼(house keeper)'라고 느끼며 권태롭게 생각했다. 그러던 어느 날 지인이 주부에게 당신이 하는 일을 '패밀리 헬스 캐어(family health care)'로 생각해 보라고 조언했다. 그 조언을 받아들이자, 그녀는 지금까지 허드렛일이라고 생각해 오던 집안일이 가치 있는 일로 느껴지고 보람과 즐거움이 생기기 시작했다.

6개월 뒤 그녀는 자신의 역할을 '홈 해피 메이커(home happy maker)'로 바꾸기로 마음먹었다. 그러자 그녀의 집안일에 물리적 변화는 전혀 없었는데도 자신의 역할이 새롭게 인식되고 남편과 아이들을 대하는 태도와 언어까지 달라진 것을 경험했다고 한다.

집안일과 육아는 하루 종일 하는데도 티도 나지 않고, 알아주는 사람도 없는 고단한 일이다. 특히 아이 문제에 있어서는, 혹여 아이가 다치기라도 하면 주부의 역할을 제대로 하지 못한 것 같아 죄책감까지 들게 된다. 남편도 아이에게 큰일이 있거나 문제가 생기면 항상 나한테 미안하다고 말하곤 한다. 미안할 일이 아닌데도 집에 있는 사람들은 그런 마음이 드나 보다. 그런 말을 들을 때면 회사에 출근해 있다는 핑계로 함께 돌보지 못한 내가 오히려 미안해진다. 어떤 일을 하느냐보다 내가 하는 일들을 어떤 마음으로, 어떻게 하느냐가 사소한 일도 의미 있는 일로 만들 수 있다고 생각한다.

미국의 샌프란시스코의 바닷가 언덕 아래에서 용접하는 세 사람에 관한 일화가 있다. 첫 번째 용접공에게 "지금 무슨 일을 하고 계세요?"라고 물었다. 첫 번째 용접공은 귀찮다는 듯이 퉁명스럽게 "보면 모르냐! 먹고살기 위해 이 짓을 하고 있다."라고 대답했다. 두 번째 용접공에게 다가가 같은 질문을 던졌다. 그는 앞사람보다 목소리가 부드러웠지만 여전히 귀찮다는 표정으로 "쇳조각을 용접하는 중이잖니."라고 대답했다. 세 번째 용접공에게 똑같은 질문을 던졌다. 질문을 받은 세 번째 용접공은 잠시 일손을 놓고 환한 미소를 지었다. 그러고는 대답했다.

"나는 지금 세상에서 가장 멋진 다리를 만들고 있다."

세 사람 모두 똑같은 일을 하는 용접공이었다. 같은 장소에서 같은 시간에 같은 돈을 받으며 일을 하고 있었다. 하지만 그들이 보여준 일에 대한 태도는 완전히 달랐다. 세상의 모든 일은 그 자체만으로도 의미가 있다. 다만, 사람에 따라 단순한 일을 하찮게 생각하며 의미 없는 나날을 보내는 사람이 있는가 하면, 반대로 일의 의미를 스스로 찾아내는 사람도 많다.

고상한 일을 하고 싶다면, 고상하지 않다고 생각하는 일을 고상한 태도로 할 수 있어야 한다. 사소한 일을 하더라도 하찮게 여기지 않고, 그 일에 애정을 갖는다면 더 의미 있는 경험들이 된다. 사소해 보이는 수많은 일들을 대하는 아주 작은 태도의 차이가 시간이 지날수록 엄청난 격차를 만들어낼 것이다.

우리가 모두 위대한 일을 할 수는 없다. 하지만 누구나 내가 하는 일들을 의미 있는 일들로 만들 수는 있다. 작은 일들 속에서도 소중한 가치를 찾아내는 것이야말로 진정한 의미를 발견하는 길일 것이다. 허드렛일도 의미 있는 일로 만들어 꾸준히 할 수 있는 원동력은 오로지 나의 태도에 달려있다.

05

그냥, 일단 해보는 거야!

"불가능에 도전하는 것은 꽤나 즐거운 일이다."   월트 디즈니

사람은 변하지 않는다?

시작이 어려웠던 첫째 아이의 초등학교 1학년 입학식 날. 나는 회사 일로 참석하지 못했고, 남편과 시어머님이 입학식에 참석했다. 반 아이들은 모두 교실에 들어가 자리에 앉았고 선생님의 설명이 이어졌다. 그런데 교실에 유일하게 비어 있는 한자리가 있었다. 그 자리의 주인공은 우리 집 첫째 아이였다.

남편은 교실 앞 복도에 콩나물시루처럼 가득 찬 학부모들 틈에서 허리를 숙여 아이에게 왜 들어가지 않느냐고 물었다. 아이는 아빠 얼굴도 쳐다보지 못하고 대답 없이 눈물만 뚝뚝 흘리고 있었다. 교

실 안에서는 담임 선생님께서 내일부터 시작될 학교 생활에 대한 규칙을 설명해 주셨다. 남편의 끊임없는 설득에도 불구하고 첫째 아이는 30분이 지나도록 교실에 들어가지 않았다. 남편은 그날 30분이 30시간처럼 느껴졌다고 했다.

담임 선생님의 설명은 막바지를 향해가고 있었고, 남편은 어쩔 수 없이 마지막 무기를 꺼내 들었다. "지금 들어가지 않으면 집에 가서 혼날 거야!" 아빠에게 혼날지도 모른다는 말에 아이는 쭈뼛쭈뼛 교실로 겨우 한 발을 내디뎠다. 들어가나 싶어 뒤돌아 나오던 그때, 아이는 아빠를 따라 다시 복도로 도망쳐 나왔다. 남편의 얼굴은 달아오르고 있었고 어쩔 수 없이 강제로 아이를 교실로 밀어 넣었다.

교실로 들어오는 아이를 본 선생님께서는 친구들과 함께 마지막 반 친구의 등장을 박수로 환영했다. 첫째 아이의 입학식은 아이가 의자에 궁둥이를 붙이자마자 끝이 났다. 설렘과 기쁨으로 가득할 것 같았던 입학식이었지만, 자리에 앉아 있는 사진 한 장 남기지 못한 입학식이 되어버렸다.

나는 입학식 이야기를 들을 생각에 설레는 마음으로 퇴근했다. 남편에게 입학식 사진을 보여 달라고 하자 남편의 표정이 좋지 않았다. 그는 입학식에서 있었던 일들을 이야기하며 첫째 아이가 낯을 가리는 자신을 닮은 것 같아 속상하다고 했다. 남편은 어떻게 하면 아이가 더 적극적인 아이로 변할 수 있을지 고민하기 시작했다. 첫째 아이가 너무 소극적이니 자신이 먼저 솔선수범하는 모습을 보여 줘야 할 것 같다고 했다. 쑥스러움이 많고 내성적인 남편은 첫째 아이를 위해 큰 결심을 했다. 학교 학부모 총회에 참석하겠다는 것이다. 남편에게는 정말 큰 결심이었다.

남편은 아이의 성격이 바뀌기를 바라는 마음 하나로 단단히 마음을 먹고 학부모 총회에 참석했다. 40년 넘게 살면서 청일점을 처음 경험하는 남편은 모든 것이 어색해 교실 뒤쪽에 꿔다 놓은 보릿자루마냥 서 있었다. 키도 크고 몸집도 큰 남편은 아무리 구석에 있어도 눈에 띌 수밖에 없었다. 전년도 학부모 대표 엄마의 눈에 띈 남편은 공개적으로 1학년 명예 교사 대표직을 제안받았다. 남편은 당황했지만 그 제안을 받아들였다. 소극적인 아이를 생각하며 두 번째 큰 결심을 한 것이다. 학부모 총회를 다녀오겠다던 남편은 명예 교사 대표라는 직함을 하나 들고 집에 돌아왔다.

며칠 뒤 명예 교사 모임 첫날 학교에서 학부모 독서 모임 멤버를 모집한다는 공지가 떴다. 남편은 세 번째 결심을 했다. 명예 교사에 이어 독서 모임까지 합류한 것이다. 그 당시만 해도 아빠가 학교에 찾아오는 일은 드물었고, 대부분의 학교 모임은 엄마들이 참여했기 때문에, 남편은 어딜 가나 눈에 띄었다. 사실 나도 남편이 학교에서 이런 활동을 한다고 했을 때 사람이 갑자기 너무 변하니 이 사람이 죽을 때가 됐나 싶었다. 그러나 첫째 아이를 위해 도전을 하는 남편에게 무한한 응원을 보내주었다.

남편은 명예 교사 활동 준비로 학교를 자주 방문했다. 명예 교사 수업이 있는 날에는 첫째 아이 반에 들어가 책 읽기와 북아트를 활용한 독후감 활동 등을 진행했다. 아이는 아빠가 선생님이 되어 친구들과 함께하는 특별한 경험을 했다. 코로나로 명예 교사 활동이 없어지기 전까지 남편은 아이를 위해 꾸준히 학교 활동에 전념했다. 소극적이었던 첫째 아이는 아빠가 명예 교사 활동을 하고, 친구들 엄마와 독서 모임 하는 모습을 보며 조금씩 적극적인 아이로 바뀌어 갔다.

첫째 아이 초등학교 3학년 여름방학. 아이가 우리 부부를 뒤로 자빠지게 하는 폭탄 발언을 했다.

"엄마 아빠! 저 반 회장 선거 나가보고 싶어요!"

뭐든지 시작하는 게 힘들고, 입학식 날 교실 문턱을 넘는 것도 어려워하던 아이가 태어나서 처음으로 무언가를 해보겠다고 이야기한 것이다. 회장 출마 선언 이야기를 들은 남편은 내 임신 소식을 들었을 때보다 더 기뻐하는 듯했다. 남편은 첫 명예 교사 수업 날 교실 앞에 섰던 그 순간을 회상하며 아빠를 쳐다보던 첫째 아이의 눈빛을 잊을 수 없다고 했다.

남편은 스스로 변화하려고 꾸준히 노력한 자신의 노력이 아이에게 조금이나마 영향을 준 것 같다며 뿌듯해했다. 우리 부부는 아이에게 당선되지 않아도 괜찮으니 도전하는 것 자체가 멋진 일이라고 응원하며 아이를 꼭 안아주었다. 헤밍웨이의 말처럼 '직접 해보지 않고는 그 누구도 자기 안에 어떤 재능이 숨어 있는지 알 수 없다.'

모든 일을 다 잘할 수도 없고, 잘할 필요도 없다. 같은 일을 하더라도 그냥 시키니까 하는 사람이 있는가 하면, 경험 자체를 가치 있게 만드는 사람도 있다. 많은 사람들이 무언가를 시작할 때 완벽히 준비되면 시작하려고 한다. 하지만 완벽하다고 생각했을 땐 이미 늦었을지도 모른다.

내 머릿속의 울타리

2024학년도 수능 최고령 수험생으로 〈유 퀴즈 온 더 블럭〉에 5년 만에 재출연해 화제가 된 김정자 할머니의 이야기이다. 아궁이 하나 있는 방에서 세 남매를 키우기 위해 손톱이 다 닳도록 고된 일만 하며 살아온 할머니. 한평생 가족을 지켜오느라 한글도 배우지 못한 채 살아오던 할머니는 대학교 앞에서 장사를 하던 어느 날, 한 학생에 의해 배움에 눈을 뜨게 된다.

그 학생은 노트 한 장을 찢어 ㄱ, ㄴ을 써주며 차근차근 할머니에게 이름 쓰는 법을 알려주었고, 할머니는 자신의 이름 석 자를 처음 마주하게 된다. 할머니는 딸을 미국으로 보내는 공항에서 "한글도 모르는데 영어를 어떻게 아나. 딸을 보내는데 어디로 들어가는지 모르겠더라."라며 글을 모르는 설움에 눈물을 흘렸다. 그 순간부터 할머니는 공부를 해보기로 결심한다.

'주부 학교'에 들어가 처음 공부라는 것을 시작했고, 이후 5년 동안 결석 한번 없이 꾸준히 노력한 결과, 2024학년도 수능 최고령 응시생으로 시험을 치렀다. 김정자 할머니는 건강이 허락하는 한 연필을 놓지 않겠다고 결심하며 이런 말씀을 하셨다.

"수없이 배우고 싶었지만, 환경의 지배를 받아 배움길을 놓쳐버렸다. 내 젊은 인생은 바람처럼 스쳐 갔다. 비록 내 몸은 만신창이가 되었지만, 정신은 초롱초롱하다. 파도는 밀려오고 또 밀려오지만 한 번 지나간 내 인생은 밀려오지 않는다. 기약 없는 공부지만 오

늘도 하늘 언저리를 서성거린다. 나는 지금 탱자나무지만 귤나무가
되기 위해 앞으로 나아가고 있다."

할 수 있는 것과 할 수 없는 것은 내 마음에 달려있다. 가족들과
애니메이션 〈치킨런〉을 본 적이 있다. 주인공 암탉 진저는 양계장
의 닭들에게 자유를 찾아 이곳에서 탈출하자고 제안한다. 하지만
함께 있던 닭들은 도망치다가 잡힐 것을 두려워했다. 주인이 주는
맛있는 사료나 먹고, 알 낳으며 편하게 살겠다고 진저의 제안을 거
절한다. 그때, 진저는 거절하는 닭들에게 이렇게 외친다.

"당신들을 가로막고 있는 장벽이 뭔지 아세요? 양계장의 울타리
가 아니라 바로 당신들 머릿속에 쳐 있는 울타리입니다!"

남편이 내성적인 아이를 보고도 '나를 닮아서 어쩔 수 없어.'라고
체념했다면, 아이의 변화가 가능했을까? 물론 아이의 기질이 어렸
을 때라 드러나지 않았을 수도 있다. 하지만 남편의 꾸준한 노력 덕
분에 아이는 적극적인 성격으로 바뀔 수 있었다.
84세의 김정자 할머니도 중학교에 올라갔을 때 많은 사람들이 할
수 없다고 이야기했다고 한다. 하지만 할머니는 자기 자신에 대한
믿음과 강한 의지로 꾸준히 공부했다. 그 결과, 8시간 동안 앉아 있

는 것만으로도 힘든 할머니가 수능 성적표라는 결과물을 손에 쥘 수 있었다. 처음부터 내가 할 수 없는 일이라고 한계를 짓는 사람은 바로 자기 자신이다. 자신을 우리 삶을 방해하는 가장 큰 장애물로 놔둘 수는 없지 않은가?

이 세상에 잘하지 못 하는 일은 있어도, 할 수 없는 일은 없다. 단지 내가 해보지 않았을 뿐이다. 누구나 처음은 서툴지만, 도전하는 용기와 꾸준한 노력만 있다면 무엇이든 해낼 수 있다. 그냥 일단 해보는 거다! 마음껏 도전해 보자. 세상은 우리에게 더 많은 기회를 열어줄 것이다.

06

꾸준할 때
기회는 선물처럼 온다

할 수 있을 때까지 꾸준히

내가 은행에 처음 입사했을 때 지점은 두 종류의 창구로 나뉘어 운영되고 있었다. 하나는 빠른 창구로 단순 입출금 업무를 처리하는 곳이었다. 고객들은 서서 업무를 봐야 했지만 그만큼 빨리 처리가 되는 곳이다. 다른 하나는 상담 창구로 고객들이 편안하게 앉아 상품 가입, 대출, 외환 업무 등을 볼 수 있는 곳이었다.

대부분의 계약직 직원들은 빠른 창구에 배치되었고, 정규직 직원들은 상담 창구에서 근무했다. 나 역시 계약직 직원이었으니 당연히 빠른 창구에 배치됐다. 매일 입출금과 송금 같은 단순한 업무를 반복하다 보니 하루하루가 마치 다람쥐 쳇바퀴 돌 듯 지루하게 느껴졌다.

새로운 업무에 대한 갈증이 점점 커졌다. 상담 창구에는 나보다 열 살 많은 남자 대리님이 대출 업무를 맡고 있었다. 매일 힘들다고 투덜거리면서도 일을 척척 해내는 모습을 보며 대출 업무에 호기심이 생겼다. '대출 업무는 어떤 걸까? 왜 저렇게 힘들다고 할까? 뭔지 모르겠지만 재미있을 것 같은데?'라는 생각이 들었다.

지점장을 포함한 10명의 직원 중 대출 실무를 제대로 할 수 있는 사람은 오직 대리님 한 사람뿐이었다. 대체자가 없으니 그는 휴가도 마음 편히 갈 수 없어 불만이 쌓여갔다. 하지만 대체 불가능한 일을 하고 있다는 사실이 오히려 멋있어 보였다. 그때부터 내 마음속에는 대출 업무에 대한 로망이 조금씩 싹트기 시작했다.

계약직 직원이 상담 창구에서 근무하는 일은 거의 없었다. 하지만 '거의 없다'는 것은 반대로 일어날 수도 있다는 뜻이기도 했다. 나는 업무를 미리 배워두면 분명 기회가 올 것이라 믿었다. 아무도 시키지 않았지만 스스로 업무 영역 확장을 위한 공부를 시작했다. 누가 시켜서가 아니라 내가 필요해서 하는 공부였기에 세상에 이렇게 재미있을 수가 없었다.

그러던 어느 날, 상담 창구에서 근무하던 왕언니가 갑자기 병가를 들어가게 되었다. 상담 창구 직원은 두 명뿐인데 한 명이 빠지니 정기 인사 발령 때까지 한 명으로 버티기엔 역부족이었다. 점심 교대가 불가능했기 때문이다.

드디어 기회가 찾아왔다. 비록 대출 업무는 아니었지만, 첫술에 배부를 수는 없는 법이다. 빠른 창구 직원 네 명 중 막내였던 나는 계약직 신분으로 상담 창구에서 근무하게 되었다. 상담 창구로 이동하기 전날 밤, 설레는 마음으로 잠을 청했지만 좀처럼 잠이 오지 않았다. 처음 해보는 업무에 실수하지 않을지, 고객의 질문에 제대로 답할 수 있을지, 상품은 잘 팔 수 있을지 여러 가지 생각이 머릿속을 가득 채웠다.

깜깜한 방 안에서 설렘과 걱정으로 두근거리는 내 심장 소리가 요란하게 들렸다. 그렇게 나의 상담 창구 생활이 시작되었다. 그곳에서 나는 업무를 하나씩 하나씩 배워나갔다. 내가 하는 모든 일들이 분명 훗날 유용하게 쓰일 것이라는 믿음을 가졌다. 5년 뒤, 정규직이 되어 발령받은 지점에서 바로 상담 창구에 배치되었다. 계약직 시절 상담 창구에서 일했던 경험은 나만의 무기가 되어 다른 직원들보다 조금 수월하게 적응할 수 있었다.

가장, 그까이꺼 제가 하겠습니다!

다만 그때도 여전히 해보고 싶었지만 하지 못한 업무가 있었다. 바로 대출 업무이다. 정규직이 되어 첫 발령 받은 지점에서 내 옆자리는 공교롭게도 대출을 담당하는 차장님 자리였다. 언젠가 꼭 대출 업무를 맡겠다는 열망에 차장님에게 하나씩 알려달라고 부탁했다. 실무를 직접 할 수는 없었지만 기본적인 업무를 배울 수 있었다.

새로 발령받은 지점에서 나는 팀장님께 대출 업무를 맡고 싶다고 말씀드렸다. 대출 실무 경험이 없어 리스크가 있긴 했지만, 나의 열정을 보시고는 지점장님과 상의해 보겠다고 했다. 하지만 쉽지 않았다. 지점장님은 대출 업무는 남자가 해야 한다며 반대했다. 이해할 수 없었다. 억울하고 화도 났지만 다시 한번 기회를 기다리기로 했다.

둘째를 낳고 복직한 지점에서 처음 만난 지점장님과의 면담 시간. 나는 용감하고 무모하게 대출 업무를 맡고 싶다고 말씀드렸다. 하지만 지점장님은 직무 이동이 불가능하다고 하셨다. 휴직 중 따놓은 자격증들 때문에 PB 인력으로 배정되어 VIP 라운지로 들어가야 한다는 것이었다. 대출 업무를 하겠다고 떼를 쓸 수가 없었다. 또다시 기회를 기다리기로 했다. 이번에도 그냥 기다릴 수만은 없었다.

회사에서 진행되는 여신 관련 연수를 열심히 이수하기 시작했다. 온라인과 오프라인을 가리지 않고 들을 수 있는 과정은 최대한 다

들었다. 실무 경험이 없는 내가 당당하게 요구하려면 내가 노력했다는 증거를 남겨야 했다. 연수만으로는 부족함을 느꼈다. 실무 경험을 쌓아야 했다. 개인 대출 업무 중 가장 쉬운 업무는 개인 신용 대출이다. 고객 정보를 전산에 모두 입력하면 알아서 가능 금액을 알려준다. 할 수 있을 것 같았다.

나는 VIP 라운지에서 업무를 보는 고객을 대상으로 기존 업무에 추가하여 대출 실무를 시작했다. 가장 쉬운 대출 연장 업무부터 시작해 신규 업무로 확장해 나갔다. 처음이라 전산도 익숙지 않아 시간이 꽤 많이 소요됐다. 하지만 VIP 고객들은 한 자리에서 모두 해결해 준다고 하니 오히려 좋아했다. 몇 번을 반복하다 보니 신용 대출은 너무 쉬운 업무가 되어버렸다. 또 하나의 무기를 장착한 셈이었다.

개인 대출은 상품 종류가 너무 많아서 꼼꼼히 알지 못하면 상담을 할 수 없었다. 하지만 나에게는 나를 도와줄 천사 같은 직원들이 메신저에 가득했다. 대출을 담당하는 지인들에게 메신저로 질문을 던지면 그중 가장 빨리 답변을 주는 직원의 대답을 참고해 하나씩 하나씩 진행해 나갔다.

꾸준함으로 버텨온 15년

어느 날 지점에서 유일하게 대출 업무를 보던 왕언니가 갑자기 결근했다. 전날 멀쩡하게 퇴근한 언니가 하룻밤 사이에 구안와사 진단을 받은 것이다. 지점은 비상이었다. 언니를 대체할 수 있는 인력이 없었다. 지점 인원 25명 중 최근까지 개인 대출 실무를 본 직원이 단 한 명도 없었다. 지점장님이 갑자기 나를 불렀다. 언니가 없는 동안만 대출 창구를 맡아 달라는 부탁이었다. 내가 그토록 원했던 업무를 맡아달라는 순간이었다.

너무 기뻤지만 당장 내일부터 현실이기에 걱정이 앞섰다. 우리 지점은 대출 고객이 꽤 많은 지점이었다. 베테랑 언니도 고객 1명당 평균 처리시간이 1시간이 넘게 걸렸다. 게다가 나는 언니처럼 상품을 다 외우고 있는 것도 아니었다. 업무도 걱정이었지만 고객 대기시간이 더 걱정이었다. 지점은 전쟁터이기 때문에 아무도 나를 도와줄 수 없다는 것을 잘 알고 있었다.

고객 대기 시간을 줄여야 했다. 고민 끝에 나는 고객에게 해야 할 질문들을 나열했다. 필요한 대출의 종류, 필요 시점, 준비된 서류 여부, 재방문 가능성 등 가장 중요한 네다섯 가지를 확인했다. 서류를 가져오지 않았거나 재방문이 가능한 고객은 고객 정보를 수집한 후 재방문 약속을 잡고 돌려보냈다. 대부분 대출 상담을 처음 오는 고객들은 서류를 가져오지 않기 때문에 이 방법이 효과적이었다.

다녀간 모든 고객의 정보를 잘 정리하고 은행 문이 닫히면 그때부터 고객에게 맞는 상품을 찾기 시작했다. 적정한 상품을 찾고 필요 서류와 함께 고객에게 안내 문자를 발송했다. 재방문 날짜도 고객들이 겹치지 않도록 예약을 잡았다. 그렇게 일하다 보니 퇴근 시간은 매일 밤 10시, 11시가 되기 일쑤였다. 업무는 어렵고 몸도 피곤했지만 하나씩 해결해 나가는 나 자신을 보며 매일 보람을 느꼈다. 그날 이후 대출 창구에 문제가 발생하거나 인력 보충이 필요할 때마다 나는 항상 투입됐다.

나는 그 지점에서 승진했다. 승진하자마자 지점장실로 들어가서 기업 대출 창구로 이동시켜달라고 말씀드렸다. PB에서 기업 대출 창구로의 이동은 흔치 않은 일이다. 업무 분야가 완전히 다르기 때문에 이동을 원하는 직원들도 거의 없다. 개인 대출은 1년 동안 경험을 쌓았지만 기업 대출의 경험이 전혀 없었기 때문에 지점장님 입장에서는 매우 난감한 상황이었다. 게다가 그해 기업 창구 팀장과 팀원이 한꺼번에 발령이 날 예정이어서 아무것도 모르는 나를 앉히기엔 너무 큰 모험이었다.

며칠 뒤 지점장님께서 나를 다시 불렀다. 긴장된 마음으로 들어간 지점장실에서 나는 뜻밖의 기쁜 소식을 들었다. 이동 허락을 해 주신 것이다. 쉽지 않은 결정이었지만 그동안 내가 보여준 열정과 성과를 믿고 이런 결정을 내렸다고 말씀하셨다. 지점장님의 신뢰를 저버리지 않겠다는 다짐과 함께 기업 대출 창구에서의 새로운 여정을 시작하게 되었다.

나는 입행 후 15년 만에 신입 때 꿈꿔왔던 대출 창구에 앉게 되었다. 오래도록 갈망하던 것을 얻었다는 기쁨에 내 입은 세상의 공기를 다 머금을 듯 닫히지 않았다. 마치 새 회사에 입사한 기분이었다. 15년이라는 오랜 세월이 걸렸지만 나는 포기하지 않았다. 계약직이라서 기회가 주어지지 않을 것으로 생각하고 포기했다면 어땠을까? 정규직이 된 후에도 몇 번이나 직무를 옮겨 달라고 요청했지만 번번이 거절당했을 때 '안 되는구나.'하고 포기했다면 지금의 나는 없었을 것이다. 15년이라는 시간 동안 설레는 꿈을 향해 꾸준히 달려온 나에게 결국 기회라는 선물이 주어진 것이다.

스타벅스 창업자 하워드 슐츠의 말처럼 "불행은 누구에게나 올 수 있지만, 기회는 준비된 자에게만 오는 것이다." 중요한 것은 포기하지 않고 꾸준히 해나가는 것이다. 그 과정에서 우리는 분명히 성장한다. 누구에게나 기회는 찾아온다. 그 기회를 알아차리고 잡아낼 수 있는 것은 준비된 자만이 누릴 수 있는 선물이다.

07

숨겨진 보물,
습관의 재발견

무의미한 습관의 재발견

어렸을 적 아파트에서 엘리베이터 걸 역할놀이를 하면서 꾸준히 했던 한 가지 행동이 있다. 바로 '인사'이다. 아는 사람이든 모르는 사람이든 엘리베이터 앞에서 마주치면 어른들에게 무조건 인사를 했다. 1미터가 겨우 넘는 키 작은 꼬마 아이가 인사를 하면 어른들은 인사를 반갑게 받아주고 고맙게도 나를 기억해 주었다. 낯선 사람을 보더라도 거부감 없이 먼저 인사하는 나의 습관은 그렇게 만들어졌다.

월마트의 창업자인 샘 월튼(Samuel Moore Walton)은 자신의 사업 성공 비결로 '인사'를 꼽았다. 학창 시절부터 항상 먼저 인사했다. 사업을 시작한 후에도, 세계 최고의 갑부가 되어서도 언제나 먼저 인사했다. 러시아의 소설가 톨스토이 역시 '인사는 경우를 막론하고 부족한 것보다 지나친 편이 낫다'고 말했다. 인사는 존경과 친애의 표시이자 예절의 기본이며 인간관계의 첫걸음이라고 생각한다. 내가 상대를 대하는 마음가짐을 가장 쉽고 간편하게 표현하는 방법이기도 하다.

나는 우리 아이들에게 인사하는 법을 가장 먼저 가르쳤다. 어렸을 때부터 인사를 잘했던 나는 먼저 건넨 인사가 좋은 일들을 가져다준다는 것을 몸소 경험하곤 한다. 시장에 가면 야채 가게 사장님이 나물 한 줌을 더 담아 주시고, 야채 주스 판매 여사님은 신상품이나 홍보 상품이 나오면 꼭 챙겨주셨다. 물론 이런 것들을 기대하고 인사한 것은 아니다. 내가 먼저 웃으며 다가가니 상대도 기분 좋게 화답해 주는 감사한 마음인 것이다.

나의 인사는 70살이 되어도, 80살이 되어도 계속될 것이다. 코 찔찔 꼬마였을 때부터 마흔이 넘는 지금까지도 꾸준히 해온 작은 습관은 나에게 자연스러운 일상이 되어버렸다. 이 세상에 인사만큼 쉽게 할 수 있고 돈도 시간도 안 들이면서 서로의 기분을 좋게 할 수 있는 일이 또 있을까? 꾸준히 해온 기분 좋은 인사는 나이가 들수록 나를 더 매력적인 사람으로 만들어 줄 것이라 믿는다.

부모가 자녀에게 줄 수 있는 선물

서점에서 운명처럼 '부모가 자녀에게 줄 수 있는 세 가지 선물'에 대한 글을 읽었다. 정신 건강의학과 하지현 교수님의 『어른을 키우는 어른을 위한 심리학』에 나오는 내용이다. 교수님은 정신과 의사로서 부모와 자녀가 모두 기뻐할 만한 선물로 '경제적 안정, 신체적 건강, 좋은 관계를 맺은 부모'를 꼽았다.

첫 번째는 경제적 안정이다. 부모의 경제적 안정은 자녀의 불안을 덜어주고 사랑하는 사람과 결혼할 수 있도록 돕는 역할을 한다고 했다. 두 번째는 신체적 건강이다. 일본에서는 매년 10만 명 이상이 부모를 간호하기 위해 일을 그만두는 '간호 실직'을 겪고 있다고 한다. 85세까지 혼자 병원에 다니고 자기 관리를 할 수 있다면 그만큼 자녀에게 시간과 여유를 선물할 수 있는 셈이다.

마지막으로, 좋은 관계를 맺는 것이다. 배우자와 사이좋게 지내고 친구들과 좋은 관계를 유지하며 자녀와 떨어져 지내면서도 일상을 즐겁게 보낼 수 있는 것. 서로의 생활을 존중해야 하며 가끔 만나서 안부를 확인하고 서로의 삶을 응원하는 것이 노년의 부모와 다 자란 자녀 사이의 이상적인 관계라고 했다.

가장, 그까이꺼 제가 하겠습니다!

교수님이 말씀하신 세 가지 선물은 하루아침에 마음먹는다고 해서 이루어지는 것이 아니다. 오랜 시간 꾸준히 준비해야만 가능한 일들이다. 나는 우리 부모님께 "엄마, 아빠, 항상 건강한 몸과 건강한 마음으로 제 곁에 있어 주셔서 감사해요. 우리 가족 모두 아프지 않고 건강하길 기도합니다."라고 말한다. 이 말에는 두 가지 의미가 담겨 있다.

엄마는 희귀병을 갖고 계시고, 한쪽 눈도 안 보이시지만 힘든 상황에서도 항상 긍정적으로 지내신다. 그런 부모님에 대한 감사함이 내 마음엔 항상 있다. 물론 그 이면에는 부모님의 건강이 나에게도 큰 힘이 된다는 이기적인 마음이 섞여 있다. 하지현 교수님도 이러한 선물들이 꾸준함에서 비롯된다는 점을 강조하셨다.

좋은 습관의 나비효과

꾸준함의 나비효과를 경험한 적이 있다. 나비효과란 나비의 작은 날갯짓과 같은 작은 사건이 후에 예상하지 못한 엄청난 결과로 이어진다는 이론이다. 미국 매사추세츠 공대의 기상학자인 에드워드 로렌츠가 발표한 이론으로 지금은 사회 현상을 설명할 때 광범위하게 사용되고 있다. 어느 날 회사에 새로운 직원이 입사했다. 내 또래의 경력직이라 어색함은 오래가지 않았다.

그 직원은 첫날부터 출근 전 한 시간 동안 운동을 다녀왔다. 그런데 점심때도 또 가는 것이다. 그 정도면 운동을 한다는 표현보다는 운동에 미친 사람처럼 보였다. 운동을 왜 그렇게 열심히 하는지 궁금했다. 운동에 왜 빠지게 됐는지 물었다. 그 친구는 '운동이 곧 행복'이라고 대답했다.

"나이가 들어서도 일을 하며 건강하게 살 수 있는 방법은 운동밖에 없습니다. 건강한 몸이 건강한 정신을 유지해 준다고 생각해요. 저는 모든 스트레스를 운동으로 풀어냅니다. 안 좋은 감정들, 기억하고 싶지 않은 일들이 운동하면서 땀과 함께 배출돼요. 운동을 하면 마음이 편안해집니다. 운동 후에 건물 밖으로 나와서 바람을 느껴보신 적 있으세요? 그 순간을 한 번 느껴보세요. 정말 행복합니다."

'운동이 행복이라고? 운동을 꼭 해야 하나? 귀찮은데? 일이 산더미인데 운동할 시간이 어디 있어! 운동은 너무 힘들어! 먹는 것만 조절하면 되는 거 아니야?' 운동은 해야 할 이유보다 하지 않아도 되는 이유를 찾기 바쁜 종목이다. 하지만 6년간 꾸준히 운동을 해온 그의 말이 뭔가 다르게 들렸다. 운동을 하지 않으면 나이 들어서 하고 싶은 일은 시도조차 할 수 없다는 말이 꽤 충격적이었다.

헬스장에 가는 것은 부담스러워서 회사 계단을 오르기 시작했다.

가장, 그까이꺼 제가 하겠습니다!

운동의 중요성을 일깨워준 직장 동료는 페이스메이커 역할을 해주었다. 그는 계단 오르는 방법부터 체력 관리까지 세세하게 알려주었다. 덕분에 나는 두 달 동안 매일 90층의 계단을 오를 수 있었다. 두 달 뒤 나의 미래에 대한 투자라 생각하고 회사 근처에서 제일 저렴한 헬스장에 등록했다. 새벽 시간 120분 중 45분을 내 건강에 투자하기로 했다. 남편은 평소에 간헐적으로 운동했다.

꾸준히 운동하는 나를 본 남편도 어느새 매일 운동을 하기 시작했다. 직장 동료의 꾸준한 운동이 나와 남편에게까지 영향을 미친 것이다. 말 그대로 나비효과였다. 동료에게 남편 이야기를 하니 엄지손가락을 올리며 응원해 주었다. "헬스장에 9시간 있는다고 몸짱이 되지 않아요. 매일 20분씩 꾸준히 운동하는 사람이 몸짱이 되는 법입니다."라는 그의 말이 마음에 와닿았다. 누군가의 꾸준함이 타인의 삶을 긍정적으로 변화시킬 수 있다는 것을 깨달았다.

나는 틈나는 대로 책을 읽는다. 직장 동료들은 점심시간에 낮잠으로 피로를 풀거나 산책하며 각자 자기만의 방식으로 에너지를 충전한다. 어느 날 점심을 먹고 자리로 돌아왔는데 놀라운 모습이 눈에 들어왔다. 두 명의 직장 동료가 점심 후 자리에서 책을 읽고 있었다. 처음 보는 모습에 왜인지 모르게 뿌듯했다. 조용히 자리에 앉아 책을 펼치는데 자꾸 내 얼굴에 미소가 지어졌다. 물론 나의 영향인지 아닌지는 알 수 없다. 하지만 믿고 싶었다. 꾸준한 나의 독서 습관이 주변 사람들에게 영향을 미치고 있다는 것을 말이다.

세상에는 열심히 사는 사람들로 가득하고 부지런한 사람들로 넘쳐난다. 하지만 열심히 잘하는 것보다 꾸준히 하는 것이 더 중요한 이유는 멀리 가기 위해서이다. 멀리 가려면 왜 해야 하는지를 알아야 하고, 어떻게 할 것인지 고민하다 보면 무엇을 해야 하는지가 분명해진다. 무언가를 새로 시작하기 어렵다면 나의 반복된 행동 중에서 좋은 점을 찾아보자. 끊임없이 반복되는 행동에는 반드시 숨겨진 '좋은 점'이 있다. 조금만 방향을 전환하면 의미 없어 보였던 꾸준한 행동에서 나를 성장시킬 수 있는 숨겨진 보물을 발견할지도 모른다.

4장

**나를
설렘으로 채우는
7가지 레시피**

01

슬기로운 나 사용법

"나는 누구인가 스스로 물으라. 자신의 속 얼굴이 드러나 보일 때까지 묻고 묻고 또 물어야 한다. 건성으로 묻지 말고 목소리 속의 목소리로 귀속의 귀에 대고 간절하게 물어야 한다. 해답은 그 물음 속에 있다."

법정 스님

나를 너무 몰랐던 나

어떤 상품을 구매하면 함께 따라오는 것이 있다. 바로 제품 사용 설명서다. 간단한 제품이라면 설명서를 읽을 필요가 없지만, 전자 제품이나 조립이 필요한 제품은 설명서를 읽어야만 효율적으로 사용할 수 있다. 그런데 이 세상에 태어난 인간에게는 사용 설명서가 존재하지 않는다.

부모님조차도 나에 대해 모르는 것들이 너무 많고 나 역시 부모님에 대해 전부 알지 못한다. 솔직히 나 자신도 나를 잘 몰라서 어떻게 사용해야 하는지 모를 때가 많다. 어쩌면 인생이라는 것은 자신만의 사용 설명서를 하나씩 써 내려가는 과정인지도 모르겠다.

고등학교부터 시작된 나의 사회생활이 어느덧 25년 차에 접어들었다. 바쁘게 걸어가는 수많은 사람과 함께 수년간 꾸준히 출근해 왔다. 지점에서 근무할 때는 하루 종일 고객과 대화하다 보니 집에 오면 완전히 녹초가 되었다. 그래도 저녁을 먹고 에너지를 충전한 뒤 엄마 어깨를 밟고 올라가 놀아달라는 두 아들과 온몸으로 놀아줬다. 휴일에는 은행에서 매년 이수해야 하는 연수 과목 시험 공부를 해야 했다.

회사가 전부라고 생각했던 나에게 시험 공부는 힘들고 하기 싫을 때도 있었지만 생계를 책임져야 하는 가장으로서 꼭 해야만 하는 일이었다. 본점으로 이동하면서 고객 응대를 하지 않으니 저녁에 쓸 수 있는 에너지가 남았다. 누군가와 하루 종일 대화를 한다는 것이 얼마나 많은 에너지를 소모하는지 그제야 알았다. 다행히 아이들도 온몸으로 놀아주는 시기가 자연스럽게 지나가고 있었다.

나는 독서를 별로 좋아하지 않는 성인이었다. 회사에서 업무 관련 책을 보는 것만으로도 충분히 벅찼다. 하지만 부서 이동 후 에너지가 남으니 나를 설레게 할 무언가를 찾아야겠다는 생각이 머릿속을 가득 채웠다. 그러던 어느 날 첫째가 읽고 있던 책이 눈에 들어왔다. 『달러구트 꿈 백화점』이라는 책이었다. 사춘기가 슬슬 시작될 아이와 같은 책을 읽고 이야기를 나누면 좋을 것 같아 도서관에서 책을 빌려와 함께 읽기 시작했다. 이 책이 나를 지금까지 알지 못했던 독서의 세계로 빠져들게 해준 책이다. 책을 읽으면서 모델 홍진경 님이 했던 말이 떠올랐다.

"삶은 매 순간이 선택이다. 글을 많이 읽으면 조금이라도 더 나은 선택을 하게 되더라. 영어단어 몇 개 더 아는 것보다 사유를 깊게 하고 좋은 선택을 하는 것. 살아보니 그게 훨씬 더 필요하더라."

심장을 뛰게 하는 호기심

책을 읽으니 이 말이 너무 공감되었다. 1년 전 문득 글을 써보고 싶다는 생각이 들었다. 전문적으로 글을 배워본 적도 없고 책을 많이 읽은 사람도 아니었기에 어디서부터 어떻게 시작해야 할지 막막했다. 가장 쉽게 접할 수 있는 블로그를 탐색했다. 블로그와 글쓰기 관련 책을 닥치는 대로 읽고 10여 년 전에 만들어 놨던 블로그에 들어가 대문을 꾸미기 시작했다. 블로그 컨셉을 정하고 카테고리를 만들어야 했다.

나 스스로에게 질문을 던졌다. '너는 뭘 좋아해? 하고 싶은 게 뭐야? 남들보다 특별히 잘하는 게 있어?' 하루 이틀, 일주일, 한 달이 넘게 같은 질문을 반복해 물어봤지만, 나는 대답할 수 없었다.

글쓰기에 호기심이 생겼지만 무엇에 대해 쓰고 싶은지, 하고 싶은 이야기가 무엇인지, 내가 정말 좋아하는 것이 무엇인지 명확한 것이 단 한 개도 없었다. 누군가의 성장을 도울 수 있을 만한 특별한 것도 없었다. 40여 년 동안 힘들고 슬픈 시간도 잘 극복하며 비교적 보람 있는 삶을 살아왔다고 생각했지만, 단 몇 가지 질문에 아무 대답도 할 수 없는 나를 보며 '내가 잘 못 살아왔나?'라는 생각까지 들었다. 집 잃은 오리처럼 정처 없이 호수를 떠돌고 있던 내게 두 명의 지인이 손을 내밀어 집을 찾아주겠다고 했다.

첫 번째 지인은 만난 지는 얼마 되지 않았지만, 짧은 시간 안에 많은 대화를 나눈 사람이다. 항상 내 생각보다 한 발짝 앞서가고 있었기에 내가 집을 잃고 헤매고 있다는 사실을 알고 있었다. 그는 나에게 '이키가이'를 해보라고 권했다. '이키가이'란 일본어로 '삶의 보람'이라는 뜻이다. 캔 모기의 저서 『이키가이』 책에 따르면, '이키가이'는 거창한 인생 목표를 이루는 것도 중요하지만, 하루하루 작은 일들에서 보람을 찾고 행복한 생을 열어가는 일이 무엇보다 중요하다는 것을 일깨워준다.

두 번째 지인은 몇 년간 나를 봐 왔지만, 서로에 대해 깊이 알게 된 것은 얼마 되지 않은 사람이다. 내가 하는 고민을 알아챈 그는 나의 과거부터 현재까지의 서사를 제삼자의 입장에서 나열하여 정리해 주었다. 내가 잘하는 것, 좋아하는 것, 잘할 수 있는 것들을 손 글씨로 정성스럽게 적어서 나에게 건넸다. 40여 년 동안 내 앞에 놓인 숙제를 해결하느라 바쁘게 살아온 나에겐 '나'라는 사람에 대해 깊이 생각해 볼 여유가 없었다. 나 자신도 잘 알지 못했던 나였는데, 두 명의 지인 덕분에 처음으로 나라는 사람을 객관적으로 바라보는 경험을 했다.

'나는 나를 얼마나 잘 사용하고 있을까? 나의 재능은 무엇이고, 나를 사용할 수 있는 능력치는 얼마나 될까? 슬픔을 극복하는 나만의 방법이 있나? 내가 불안하고 두려움을 느끼는 순간은 언제일까?' 살면서 이런 질문을 스스로에게 던져본 적도, 궁금해한 적도 없었다. 이런 질문들을 남에게도 해본 적이 없다.

글을 쓰겠다고 마음먹은 순간부터 나는 나다움을 찾는 것부터 시작해야겠다고 결심했다. 그러기 위해서는 나만을 위한 '나 사용 설명서'가 필요했다. 꾸준히 나를 관찰하고, 나 자신을 인정하고 이해하며 사용 설명서를 다듬어나가는 일. 이것이야말로 진정으로 나답게 사는 방법이라는 것을 깨달았다.

초등학생도 배우는 감정 표현

다양한 심리학책을 읽으며 나답게 살기 위한 첫걸음은 무엇일지 고민했다. 책을 통해 배운 것은 나의 감정을 직면하고, 마주하고, 받아들일 줄 아는 자세였다. 김경일 교수님의 저서 『적정한 삶』에 나오는 총량의 법칙이 떠올랐다. 교수님은 책에서 한 사람이 살아가는 동안 쓰고 죽어야 하는 '지랄 총량의 법칙'이 정해져 있다고 했다. 의지력에도 총량의 법칙이 존재하지만 유일하게 총량의 법칙을 따르지 않는 것이 바로 인간의 감정이라고 한다.

기쁨, 슬픔, 분노, 우울 등 인간이 느끼는 감정은 총량이란 것이 없어서 써도 써도 마르지 않고 처음 그 양이 유지되기는커녕 전이되거나 확산할 수 있다는 것이다. 나는 지금까지 부정적인 감정을 어떻게 표현해야 하는지 몰랐다. 특히 사회생활을 하면서 부정적인 감정을 표현하면 관계가 불편해질까 봐 감정을 숨기기 일쑤였다. 화가 나거나 속상한 일이 있어도 허벅지에 '참을 인'자를 새겨가며 꾸역꾸역 삼켰다.

가장, 그까이꺼 제가 하겠습니다!

올해 초, 둘째 아이의 학교 공개 수업에 참여했다. 수업 주제는 '감정 맞추기'였다. 담임 선생님은 기쁨, 슬픔, 분노, 짜증, 불안, 공포 등 다양한 감정을 설명했다. 모둠별로 감정을 알아맞히는 역할극이 시작됐다. 한 모둠의 역할극이 끝나면 다른 모둠이 그 감정을 맞추는 방식이었다. 아이들은 수업 시간에 배운 감정들을 총동원하여 열심히 정답을 외쳤다. 나는 어렸을 때 학교에서 감정 표현에 대해 배운 기억이 없다.

며칠 뒤 궁금증이 생겼다. 타인의 감정을 맞추는 건 배우는데 내 감정을 알아차리고 누군가에게 표현하는 방법도 배웠을까? 퇴근하자마자 둘째에게 달려가 물어봤다. 둘째는 역할극은 하지 않았지만 담임 선생님께서 내 감정도 잘 표현할 줄 알아야 한다는 것을 알려주셨다고 했다. 한 번의 수업으로 내 감정을 표현하는 것은 쉽지 않겠지만 이런 역할극을 통해 아이들이 감정을 표현하는 방법을 배운다는 것이 조금 놀라웠다. 상대를 잘 이해하고 나를 잘 표현할 줄 아는 것이 그만큼 중요하다는 것을 느꼈다.

끊임없이 감정을 억누르는 사람은 감정이 자기 자신을 공격해 몸을 해친다고 한다. 감정을 억누르면서 나의 생명 에너지가 낮아져 생기를 잃게 되는 것이다. 우리의 뇌는 긍정보다 부정을 더 좋아한다고 한다. 부정적인 감정을 억누르는 데 익숙해지면 긍정적인 감정도 동시에 억눌리기 마련이다.

분노할 줄 알아야 격정을 느낄 수 있고, 아파할 줄 알아야 사랑을 느낄 수 있다. 슬퍼할 줄 알아야 행복을 느낄 수 있으며, 고통을 느낄 줄 알아야 진정한 기쁨을 느낄 수 있다. 나의 진실한 감정을 스스로 알아차리는 것은 매우 중요하다. 감정을 억누르지 않고 있는 그대로 마주하고 받아들일 때 우리는 좀 더 평안하고 여유로운 삶을 살 수 있을 것이다. 감정의 파도를 서핑하듯 타고 넘으며, 진정한 나를 찾아가는 여정을 즐겨보자.

감정을 인정하고 받아들이는 것은 어려운 일이지만 각각의 감정이 그 나름의 가치와 존재 이유가 있다고 믿는다. 내가 받아들인 감정들은 다시 그 감정을 직면했을 때 오히려 활력소가 될 것이다. 그래서 나는 '나 사용 설명서' 첫 번째 장에 나의 감정을 직면하는 법을 기록하고 꾸준히 업데이트하려고 한다.

나를 가장 잘 사용할 수 있는 사람은 오로지 나 자신뿐이다. 자신의 감정을 잘 대할 줄 아는 사람만이 타인의 감정을 잘 읽을 수 있다. 나를 잘 알아야 나를 성장 시킬 수 있고, 외부의 공격으로부터 나를 지켜낼 수 있다. 진실한 나로 타인을 대할 때 타인을 따뜻하게 해주는 빛이 될 수 있을 것이다.

02

너한테 관심 없는데?

나보다 더 당당한 아이들

내가 회사에서 '맞벌이 가면'을 쓰고 있었다는 사실을 남편은 몰랐다. 문득 '편견이라는 것은 나 스스로가 만든 건 아닐까?'라는 생각이 들었다. 남편의 이야기가 궁금했다. 남편에게 사람들을 만나면서 주부라고 얘기할 때 마음이 어땠는지 물었다. 남편은 초반에 잠깐은 어색하기도 했고 상대방이 어떻게 생각할지 신경도 쓰였다고한다. 하지만 우리는 남들과 조금 다를 뿐 틀린 것은 아니라고 생각하니 타인의 시선이 중요하지 않았다고 했다. 오히려 남편이 주부라고 이야기하면 학부모들이 신기해하며 대화의 재료가 되었다고 한다. 남편은 나보다 훨씬 먼저 타인의 시선에서 벗어나 온전한 자기 자신으로 살고 있었다.

우리 아빠는 언제나 내가 하는 선택을 응원해 주셨다. 첫째 아이가 초등학교에 입학할 무렵 아빠는 처음이자 마지막으로 조심스럽게 입을 여셨다. 아이들이 학교에서 아빠가 집에 있다는 걸로 주눅들지 않게 엄마 아빠에 대한 상황을 잘 설명해 주라는 말씀이었다. 하지만 우리 부부는 아이들에게 특별히 설명하지 않았다. 설명하면 오히려 아이들이 더 혼란스러울 것 같았다. 우리 가족의 생활 패턴을 자연스럽게 받아들이길 바랐다.

다행히 지금은 시대가 많이 바뀌어서 어린이집, 유치원, 초등학교에도 아빠와 손잡고 오는 아이들도 많이 있다. 우리 부부의 이런 결정이 헛되지 않았다는 것을 보여주는 일이 있었다.

둘째 아이가 초등학교 4학년 때의 일이다. 아침을 먹다가 아빠에게 친구들에 대해 이야기했다.

"아빠, 내 친구들은 고정관념이 있어! 친구들이랑 놀다가 엄마, 아빠 얘기가 나와서 내가 우리 집은 아빠가 우리를 돌보고, 엄마가 일

가장, 그까이꺼 제가 하겠습니다!

한다고 했더니 친구들이 깜짝 놀라면서 왜 그러냐고 물어봤어! 그럴 수도 있는 거 아니에요?"

"그럼, 그럴 수 있지. 친구들이 놀랐던 이유는 아마 대부분의 부모님은 아빠가 일을 하고 엄마가 아이들을 돌보는 경우가 많아서 그랬을 거야. 그럴 때는 그냥 그럴 수도 있는 거라고 이야기하면 돼."

퇴근하고 남편에게 아침에 있었던 일을 들으면서 가슴이 철렁했다. 둘째가 혹시나 친구들의 반응에 상처받지는 않았을지 걱정이 됐다. 남편은 둘째의 마음을 잘 다독이며 이야기를 나누었다고 했다. 다행히 아이들은 내가 바랐던 것처럼 역할이 바뀐 엄마 아빠에 대해 자연스럽게 받아들여 주고 있었다. 친구들의 생각이 고정관념이라고 말해준 아이에게 오히려 고마운 마음마저 들었다.

타인의 시선을 두려워하지 않을 용기

헬스장 등록할 때의 일이다. 신규 등록 회원에게 개인 PT와 필라테스 무료 수업이 3회씩 제공되었다. 무료 서비스의 목적은 당연히 개인 PT 유료화를 위한 것이었지만, 나는 금액이 부담되어 등록할 수 없었다. 3회 무료 수업이 끝나고 개인 트레이너가 나에게 영업을 시작했다. 트레이너는 회사 근처에 있는 헬스장이고 내가 여성이다 보니 당연히 맞벌이라고 생각했는지 영업 멘트를 날리며 언제까지 답변을 줄지 기한을 정하라고 압박해 왔다. 나는 웃으며 당당하게 이야기했다.

"트레이너님, 제가 외벌이에요. 그래서 개인 PT까지 할 수 있는 여유가 없어요. 저도 물론 받고 싶죠. 제가 좀 더 여유가 생기면 그때 트레이너님 꼭 찾아올게요."

트레이너는 외벌이라는 말에 적잖이 당황한 듯했다. 그날 이후 트레이너는 더 이상 나에게 영업하지 않았다. 편견은 어쩌면 나 스스로 만든 것이 아닐까 하는 생각이 들었다. 나는 여러 번 맞벌이 가면을 벗어보려 용기를 내보았다. 회사에 남자 직원이 들어오면 배우자에 대해 질문할 때 맞벌이인지, 외벌이인지를 묻는다. 하지만 여자 직원에게는 다르다.

미혼이 아니면 당연히 맞벌이라고 생각하고 질문한다. 기혼이면 남편이 무슨 일을 하는지 직업에 포커스가 맞춰진다. 상사들이 가끔 나이가 있는 미혼 여직원에게 당연히 결혼했다고 생각하고 자녀가 몇 명이냐고 물어봐 곤혹스러워하는 모습을 본 적도 있다. 시대가 바뀌면서 예전에는 당연하다고 여겨졌던 것들이 이제는 당연하지 않게 되었다.

통계청 신혼부부 통계를 살펴보면 2022년 아내 혼자 벌이하는 신혼부부는 6만 9,587쌍으로, 전체 외벌이 부부의 16.9%를 차지하고 있다. 외벌이 신혼부부 6쌍 중 1쌍이 아내가 생계를 책임지고 있다는 의미이다. 사회생활 25년 동안 나는 외벌이 워킹맘을 단 한 명도 보지 못했다. 어떻게 단 한 명도 없었는지 신기하기도 하지만 한편으로는 그들도 나처럼 타인의 시선을 두려워하며 '맞벌이 가면'을 쓰고 있는 것은 아닐까 하는 생각이 든다.

용기를 내는 데 10년이 필요했다

나는 술을 마시지 못한다. 하지만 사람을 좋아하는 나는 술자리를 싫어하지 않는다. 회식은 빠지지 않았고 저녁 자리도 참석하곤 한다. 그래 봤자 내가 참석하는 술자리는 한 달에 한 번도 되지 않는다. 한 달에 한 번도 안 되는 술자리에서 나는 항상 같은 질문을 받는다. "지금 여기 있으면 애들은 누가 봐요? 애들 밥은요?" 내가 외벌이인 걸 알고 있는 직원도 같은 질문을 한다.

세상이 변했음에도 여전히 우리 사회는 '엄마가 애를 봐야지'라는 생각을 하는 사람들이 많다는 것을 실감한다. 외벌이 워킹맘으로 경제적 어려움보다 나와 함께하는 직장 동료들의 가벼운 말들이 심리적으로 나를 더 위축시키고 그들로부터 내 마음을 닫게 만들기도 했다.

내가 회사에서 '맞벌이 가면'을 벗는 데까지 10년이라는 시간이 필요했다. 타인의 시선을 두려워하지 않고 온전한 나로 당당하게 서기까지 너무 오랜 시간이 걸렸다. 내가 가면을 벗어 던질 수 있었던 것은 한 가지 주문 덕분이었다. '타인은 내가 생각하는 것만큼 나에게 관심이 없다'는 말을 수없이 되뇌었다.

타인의 시선을 두려워하지 않을 용기가 생기면 본인의 의지대로 결정하고 선택하는 힘이 생긴다는 글귀를 읽고 용기를 내보기로 마음먹었다. 처음에는 두려웠지만 시행착오를 겪고 반복하다 보면 두려움을 떨쳐낸 평안한 나를 마주할 수 있을 것 같았다.

나는 타인에게 싫은 소리를 하지 못한다. 업무 지시하는 것은 더욱 못한다. 심지어 내 일이 아닌데도 나한테 오더가 내려오면 거절할 수가 없다. 불합리하다는 걸 알면서도 상대방 기분을 상하게 할 것 같아 입을 닫았다. 바보같이 사회생활을 하며 깨달은 것이 있다. 거절을 잘하는 것도 능력이라는 것을 말이다. 이걸 깨달은 뒤로 나는 스스로 거절하는 훈련을 했다. 끊임없는 훈련을 통해 이제는 거절이라는 것을 할 수 있게 되었다. 심지어 거절하지 못하는 후배들을 보면 예전의 나를 보는 것 같아 거절하는 연습을 해보라고 조언해 준다.

너 그렇게 대단한 사람 아니야

한번은 선배에게 "저는 싫은 소리를 못 해요. 모든 사람에게 다 잘해줘야 한다는 강박 같은 게 있어요."라고 말하자 선배가 나에게 이런 말을 했다.

"뭔가 엄청나게 착각하고 있는 것 같은데? 너 그렇게 대단한 사람 아니야! 왜 다른 사람들이 너한테 모두 공평한 대우를 받아야 한다고 생각하는 거지? 네가 왕이라고 생각하는 거야? 남들은 생각보다 너한테 관심 없어. 그러니까 그런 쓸데없는 생각은 버려."

나는 선배의 말을 듣고 한동안 멍하게 있었다. 내가 '맞벌이 가면'을 벗어던질 수 있었던 이유가 바로 선배의 말 속에 있었기 때문이다. '남들은 생각보다 너한테 관심 없어!' 그렇다. 남들은 나에게 관심이 없다. 나 스스로가 타인의 시선을 지나치게 의식했을 뿐이다. 타인이 나에 대해 어떤 평가를 하든 마음에 두지 말자. 누군가가 나를 싫어하더라도 두려워할 필요가 없다. 타인의 시선에서 벗어나 나 자신을 더 소중히 여기며 사랑하는 사람들에게 집중하자. 나다운 삶을 살아가는 것이야말로 진정한 자유와 행복을 찾는 길이다.

03

오프 스위치 알아채기

각자의 방식을 존중해야 하는 이유

휴식이란 무엇일까? 사전적으로는 하던 일을 멈추고 잠시 쉬는
것을 의미한다. 잘 쉬는 것은 우리의 삶에서 빼놓을 수 없는 중요한
요소다. 그런데 사전적 정의처럼 모든 사람들이 하던 일을 멈추고
잠깐 쉬는 것을 진정한 휴식이라 할 수 있을까?

2010년대 초반 '힐링'과 '웰빙'이라는 단어가 유행하면서 우리는
휴식을 떠올리면 자연스럽게 자연을 벗 삼아 쉬는 모습을 떠올린
다. 맑은 공기를 마시며 숲속을 거닐거나, 산들바람을 느끼며 호숫

가에 앉아 있는 모습을 말이다. 지금도 봄과 가을이 되면 휴양림 예약은 마치 인기 아이돌 콘서트 티켓을 구하는 것만큼이나 어렵다.

자연과 함께 보내야 진정한 휴식이라고 말하는 사람도 있고, 온종일 집에서 잠만 자는 것이 휴식이라고 말하는 사람도 있다. 참고로 나는 후자에 속한다. 몇몇 사람들은 이렇게 날씨 좋은 날 경치 구경도 하고 콧바람도 쐐야지 왜 집에만 박혀있냐고 묻곤 한다. 이런 말을 들으면 나는 푹 잘 쉬었는데도 불구하고 아름다운 대자연을 보지 않은 죄를 지은 것 같아 마음이 불편해진다. 푹 쉬고 출근한 나는 월요일에 피곤하다는 말을 하지 않지만, 대자연 속에서 푹 쉬고 왔다는 그들은 월요일 아침 연신 피곤하다는 말을 내뱉기도 한다.

어느 순간 사람의 성향을 파악하기 위한 가장 간단한 기준이 MBTI가 되어버렸다. 나는 단순히 I와 E를 내향형, 외향형으로만 알고 있었다. 우연히 방송에서 한 정신과 박사님이 설명해 주는 I와 E 구분법을 들은 적이 있다. 내 에너지가 바닥이 났을 때 어디에서 에너지를 채우는지가 중요했다. 조용히 혼자 있을 때 에너지가 채워지는 사람은 I, 사람들과 함께하거나 밖에서 활동할 때 에너지가 채워지는 사람은 E 성향이라고 했다.

박사님의 말을 듣고 나는 진정한 휴식이란 각자의 성향에 맞게 나의 에너지를 채울 수 있는 시간을 갖는 것이라는 생각을 했다. 자연이 우리에게 각각 다른 방식으로 쉼을 허락하는 것처럼, 우리의 에너지도 각기 다른 방식으로 회복될 수 있다는 것을 말이다.

내가 몸이 힘들거나 정신적으로 지칠 때, 나를 잠시 쉬게 해주는 두 개의 오프 스위치가 있다. 첫 번째는 바로 '잠'이다. 나는 힘들면 잠을 잔다. 하루 세 끼 식사와 화장실에 가는 것 빼고 하루 종일 잠만 자기도 한다. 아무 생각 없이 그저 '힘듦'을 품에 안고 푹 자고 일어나면, 마치 '힘듦'을 꿈속에 두고 온 것처럼 한결 가벼워진다. 잠은 나에게 마법 같은 휴식이다.

두 번째 오프 스위치는 나 혼자만의 시간을 갖는 것이다. 단 15분만이라도 아무도 없는 공간에서 나만의 시간을 갖는다. 그 시간 동안 나는 책을 읽고, 노래를 들으며 울기도 하고, 멍을 때리기도 한다. 그 순간만큼은 누구에게도 방해받지 않는 나만의 시간이다. 마치 세상의 소음이 사라지고, 고요한 평화가 나를 감싸는 느낌이다. 이 두 가지 오프 스위치는 나를 다시 살아가게 만드는 소중한 쉼표이다.

꼭 필요한 혼자만의 시간

많은 사람들이 결혼하고 아이가 태어나면 혼자만의 시간이 사라지는 경험을 하게 된다. 영화나 드라마를 보면 가족과 함께 지내는 것이 가장 행복한 휴식처럼 보이기도 한다. 그래서일까? 모범적인 광고 카피 같은 '주말은 가족과 함께'라는 말이 귀에 너무 익숙하다. 물론 가족과 함께하는 시간이 소중하다는 것은 두말할 나위가 없다. 하지만 마주치기만 하면 싸우고, 얼굴만 봐도 화가 나고, 하루 종일 들어야 하는 잔소리가 난무하는 집이라면? 그런 상황에서 가족과 함께하는 시간은 휴식이 아니라 지옥처럼 느껴질 것이다.

부부 사이도 마찬가지다. 지인 중에 아내는 집에서 독서하며 화초 가꾸는 것을 좋아하고, 남편은 쉬는 날이면 무조건 차를 끌고 계획 없이 돌아다니는 것을 좋아하는 부부가 있다. 남편은 햇볕 좋은 날 비타민 D도 섭취하지 않고 집에만 있는 아내를 이해하지 못했고, 아내는 나가면 돈 쓰고 몸도 피곤한데 왜 나가는지 모르겠다며 힘들어했다. 아내는 어쩔 수 없이 남편을 따라나선다.

남편은 아내에게 멋진 경치를 보여주며 "어때? 나오니까 좋지?"라고 물어본다. 아내는 마지못해 "좋아."라고 대답하지만, 정신적으로 힘듦을 느낀다. 반면 남편은 와이프에게 최고의 휴식을 선물해 줬다 착각한다. 나는 누구에게나 혼자만의 시간이 필요하다고 생각한다. 특히 부부간에 혼자만의 시간을 통해 에너지를 충전하는 것은 좋은 부부 관계를 유지하는 데 도움이 될 것이다.

남편은 주부이지만 여느 주부처럼 아이 친구 엄마들을 만나기 쉽지 않다. 남편이 8년 동안 참여해 온 독서 모임에서 친하다고 생각하는 엄마 한 명과 아이 일로 상의할 일이 있어 평일 오전 커피숍에서 만난 적이 있다. 3시간 정도 대화를 나누고 돌아온 남편이 며칠 뒤 이런 얘기를 했다. "한두 번은 괜찮지만, 반복적으로 만나는 건 친구 엄마들이 좀 부담스러울 것 같아." 평범한 여성 주부였다면 둘이 만나도 괜찮은 일들이지만, 남편은 이성이기에 조심스러운 부분이 있었다. 궁금한 것이 있어 연락처를 묻고 싶어도 먼저 물어보는 일이 어려웠다. 남자 주부로서 소통할 수 있는 대화 상대가 거의 없었다.

나는 남편이 친구들과 약속이 있다고 하면 언제든지 다녀오라고 한다. 오히려 얻어먹지 말고 사주고 오라고 말한다. 남편은 가장 친한 대학교 친구 5명과 분기에 한 번씩 1박 2일로 MT를 간다. 주부로 지내면서 남에게 할 수 없는 이야기들, 아내인 나에게도 할 수 없는 이야기들이 분명히 있을 것이다. 친구들을 만나 수다를 떨어야 남편의 스트레스가 조금이라도 풀릴 거로 생각해 남편이 친구들을 만나러 간다고 하면 오히려 감사하게 느껴진다.

가장, 그까이꺼 제가 하겠습니다!

비로소 진정한 휴식을 하게 되기까지

나는 복직한 후 매년 여름이면 짧게는 한 달, 길게는 두 달 동안 남편과 아이들이 함께 여행을 다녀오도록 했다. 내가 갈 수 있는 휴가는 길어야 9~10일이었기 때문에, 가족들을 먼저 여행지로 보내고 나는 중간에 합류했다. 경제적으로 절대 넉넉할 수가 없으니 최대한 아끼는 여행을 해야 했다. 숙박비, 식비, 교통비, 관람비 등을 모두 포함하여 하루에 사용할 수 있는 금액을 정하고 그 범위 내에서 모든 것을 해결했다. 음식은 마트에서 식재료를 사와 집에서 해 먹었다. 나는 왜 이런 결정을 했을까?

내가 이런 선택을 한 데에는 두 가지 이유가 있다. 첫 번째는 여행이 우리 부부에게 필요한 오프 스위치였다. 남편은 여행을 무척 좋아한다. 여행 이야기가 나오면 그의 눈은 마치 10캐럿 다이아몬드처럼 반짝인다. 물론 아이들과 함께하는 여행은 쉽지 않지만, 그 힘듦마저 잊게 할 만큼 여행을 사랑한다. 반면, 가족들이 여행을 떠나고 혼자 남겨진 시간은 나에게 여름 방학이나 다름없었다.

두 번째 이유는 아이들에게 경험과 추억을 남겨주고 싶었다. 내가 아이들과 한 달 여행을 간다고 했을 때, 몇몇은 지인들은 "애들이 어려서 기억도 못 할 텐데 돈 아깝고 힘들게 가지 말고 좀 더 커서 가."라고 조언했다. 그러나 내 생각은 달랐다. 아이들이 어려서 선명하게 기억하지는 못할 것이다. 하지만 그때 그 장소에서 나눈 부모와의 교감은 아이들 가슴속에 오래도록 좋은 감정으로 남을 것이라고 믿었다.

3년 연속 여행을 보내는 모습을 본 엄마가 하루는 나를 붙잡고 눈물을 펑펑 쏟으셨다. 혼자 벌어 저축하기도 빠듯할 텐데 매년 여행가는 것이 속상하셨던 것이다. 가슴을 부여잡고 흐느끼는 엄마 앞에서 내가 왜 이런 결정을 했는지 솔직한 내 마음을 이야기해야만 했다.

"엄마, 내가 힘들어서 그래요. 내가 힘들어서 나 쉬려고 보내는 거야. 혼자 있는 시간이 필요해서. 엄마가 왜 그렇게 얘기하는지 엄마 마음 충분히 알겠는데, 엄마가 나 좀 이해해 주면 안 돼요?"

차마 엄마 얼굴을 볼 수 없었다. 시선을 거실 바닥에 고정한 채 떨리는 목소리를 숨기려고 꾹꾹 눌러보았지만 소용이 없었다. 오로지 나만 걱정해 주는 엄마에게 너무 미안하기도 하고, 쉬고 싶은 나의 마음을 몰라주는 엄마가 야속하기도 했다. 엄마와 나는 서로 쳐다보지도 못하고 한동안 눈물을 쏟았다. 솔직한 나의 마음을 엄마에게 털어놓아서일까? 그날 이후로 엄마는 내가 어떤 선택을 하더라도 항상 응원해 주신다. 엄마의 응원 속에서, 나는 비로소 진정한 휴식을 할 수 있었다.

나만의 오프 스위치를 찾아서

나는 다른 사람들보다 많은 일을 처리해도 지치지 않고 활기를 유지하는 사람에 속한다. 인지심리학자들은 그 능력을 'voluntary switch', 즉, '자발적 전환'이라고 부른다. 자발적 전환에 능한 사람은 번아웃 또는 무기력을 쉽게 경험하지 않는다고 한다. 나는 퇴근 시간이 되면 집에 가서 해야 할 일들과 하고 싶은 일들을 생각하며 설레는 마음으로 버스에 오른다. 머릿속에 그 일들을 하나하나 나열하다 보면 하루 24시간이 너무 짧게 느껴진다.

인지심리학 관련 책들을 읽고 나서야 내가 왜 지금까지 번아웃을 경험하지 않는지 이해할 수 있었다. 물론 자발적 전환이 항상 좋은 것만은 아니다. 너무 잦은 자발적 전환은 주의를 산만하게 하고 일의 완성도를 떨어뜨릴 수도 있다. 남편은 내가 어느 날 갑자기 모든 걸 놔버리게 될까 봐 걱정된다고 말하기도 한다.

우리에게는 지쳐갈 때 다시 활력을 불어넣어 줄 오프 스위치가 필요하다. 나는 나를 충전해 주는 두 가지 오프 스위치를 알고 있다. 우리는 오프 스위치를 스스로 켜고 끄며 재충전하는 시간이 필요하다. 각자의 오프 스위치를 통해 다시금 힘을 얻고 새로운 하루를 맞이할 수 있을 것이다. 삶이 힘들고 지칠 때 나를 다시 설렘으로 가득 채워줄 나만의 오프 스위치를 찾는 여정을 시작하길 바란다.

04

쉿! 귀를 기울여 봐요

할 수 있는 것은 귀 기울이는 것뿐

VIP 고객들은 담당 직원이 바뀌는 것을 좋아하지 않는다. 직원이 바뀌면 새로운 사람과 합을 맞추는 데 시간이 필요하기 때문이다. 모든 인간관계가 그렇듯 직원과 고객의 관계에서도 궁합이라는 것이 존재한다. 전임자와는 잘 지냈어도 합이 맞지 않으면 후임자와는 트러블이 생기는 경우가 있다.

VIP 라운지에서 근무할 때 나는 내 방을 대나무 숲이라 여겼다. 많은 고객과 수많은 대화를 나누었다. 부모와 자식 간의 이야기, 시

부모 이야기, 며느리 이야기, 여행 다녀온 이야기, 라운딩하다가 홀 인원 한 이야기 등 소재는 매우 다양했다. 모두 다 다른 이야기였지만 신기하게도 본질은 언제나 하나였다. 본질은 바로 '관계'이다.

하루는 자주 오시는 50대 여자 고객님이 업무를 보러 왔다. 상품 가입을 하는 날이라 시간이 조금 오래 걸릴 예정이었다. 업무 처리를 하던 중에 고객님이 조심스럽게 이야기를 꺼내셨다. 평소 남편 이야기는 잘 안 하시던 분이었는데 그날은 처음으로 남편 이야기를 시작했다. 남편과의 일을 이야기하며 이혼하고 싶다고 말했다. 나는 그 순간 자연스럽게 그분의 눈을 바라보며 이야기에 귀를 기울였다. 다행히 대기 고객이 없어 시간적 여유가 있었다.

고객님과 이야기하는 동안 나는 "네.", "그러셨군요.", "속상하셨겠네요." 이 세 단어만 반복했다. 이혼을 경험해 보지 않았기에 고객님께 어떤 위로도, 조언도 할 수 없었다. 내가 할 수 있는 건 오로지 고객과 눈을 마주치고 그분의 이야기에 귀를 기울이는 것뿐이었다. 고객님의 얼굴에 눈물이 흐르고 있었다. 그녀의 떨리는 목소리가 내 귀에 생생하게 전달됐다. 이내 내 눈에도 눈물이 맺혔다. 한참 동안 이어가던 고객님의 이야기는 "이혼하고 싶다."로 시작했지만 이야기의 끝은 달랐다. "불쌍한 인간. 얘기하고 보니 안쓰럽네. 그냥 이렇게 사는 거지 뭐."

일주일 뒤, 고객님이 처리할 업무도 없는데 갑자기 찾아왔다. 일주일 전 내가 긴 이야기를 들어 준 덕분에 남편에 대한 미움이 많이 사라졌다며 고맙다는 인사와 함께 예쁘게 포장된 선물이 담긴 쇼핑백을 건네주었다. 나는 갑작스러운 선물이라 받기를 거절했지만, 고객님은 책상 위에 놓고 도망치듯 사라졌다. 감사 인사도 제대로 드리지 못해 고객님이 가신 뒤 문자를 남겼다.

"제가 한 것은 단지 고객님 말씀을 들어드린 것밖에 없는데 너무 과분한 선물을 받아 죄송한 마음입니다. 고객님 마음이 편해지셨다는 말씀이 저에게는 선물이나 다름없습니다. 하루하루 더 행복해지시길 기도하겠습니다. 주신 선물 감사히 잘 받겠습니다."

고객님이 건네준 쇼핑백에는 바디 제품 브랜드 로고가 보여 포장을 뜯지 않아도 내용물을 단번에 알아차릴 수 있었다. 책상에 올려진 선물을 한동안 바라봤다. '내가 이 선물을 받을 자격이 있을까? 난 그냥 이야기만 들어드렸을 뿐인데?' 많은 생각이 들었다. 나는 정신과 의사도 아니고 심리학을 공부한 적도 없다. 그저 내가 할 수 있는 것은 고객의 눈을 바라보고 그분의 이야기에 귀 기울여 듣는 것뿐이었다. 고객님 덕분에 누군가가 힘들 때 아픈 마음에 공감하고 이야기를 들어주는 것만으로도 큰 힘이 될 수 있다는 것을 깨달았다.

이 일이 있은 뒤로 나는 고객의 이야기를 들을 때 항상 경청하는 자세로 임하게 되었다. 은행이라는 곳은 돈을 다루는 곳이다. 고객의 신뢰가 전적으로 필요한 직업 중 하나이다. 물론 회사 브랜드만으로도 고객은 은행을 믿고 돈을 맡긴다. 하지만 고객은 직원이 진심으로 대하는지 그렇지 않은지를 단번에 느낀다.

대나무 숲이 카멜레온 옷을 입다

내가 근무했던 방은 마치 카멜레온 같았다. 나의 경청 기술 덕분인지 가끔 내 방은 대나무 숲에서 민원인 고충 처리 방으로 변신하곤 했다. 하루는 객장에서 남자 고객의 고성이 들려왔다. 내용을 들어보니 업무 관련 수수료 때문에 화가 난 것이었다. 팀장님은 객장에 대기 고객도 많고 분위기가 험악해지고 있어 나에게 조용한 방으로 모신 뒤 진정 좀 시켜달라고 부탁했다. 처음에는 팀장님의 이런 부탁이 달갑지 않았다. 내심 팀장님이 할 일을 나에게 미루는 것 같아 얄밉기도 했다. 그래도 누군가는 해야 할 일이었다.

이럴 때마다 내 귀에는 만화주제가 〈우주 소년 짱가〉 주제곡이 맴돈다. "어디선가 누구에게 무슨 일이 생기면 짜짜짜짜짜짜짱가 엄청

난 기운이~" 어떤 민원이든 내가 해결할 수 있다는 비장한 각오로 민원인을 조용한 내 방으로 모신다. 그리고 따뜻한 차를 한 잔 드린다. 따뜻한 차를 드리는 이유가 있다. 자신에게 먼저 친절을 베푸는 사람에게는 마음을 여는 법이라 생각하기 때문이다.

민원인에게 화가 난 이유를 차근차근 말씀해달라고 이야기했다. 고객의 이야기가 끝날 때까지 끊지 않고 끝까지 귀 기울였다. 이야기를 나누는 고객님은 스스로 마음이 진정되었는지 본인도 이렇게까지 소리 지를 일이 아니라는 것을 인정하셨다. 이번에도 내가 한 일은 귀 기울여 들은 일 말고는 없다. 어쩌면 남들이 모두 하기 싫어하는 일이고, 나도 스트레스받는 일일 수 있지만 경청의 기술은 나를 새로운 경험의 세계로 이끌기도 한다.

또 다른 민원인으로 내 방에 오신 고객님의 직업은 회계사였다. 지나가는 길에 우리 지점에서 업무 처리를 하던 중에 화가 난 상황이었다. 그날도 나는 따뜻한 차 한 잔을 드리며 고객님의 하소연에 귀를 기울였다. 고객님의 이야기를 모두 들었지만 업무적으로 내가 할 수 있는 것은 없었다. 고객님은 하소연을 마치고 나서 들어줘서 고맙다는 인사와 함께 자리를 떠나셨다. 대부분의 민원이 그렇듯이 금전적으로 사고가 나지 않는 한, 본인이 이야기하면서 화가 가라앉고 진정된다.

몇 달 뒤 민원이었던 회계사님이 나를 다시 찾아왔다. 얼굴을 잘 기억하는 나는 단번에 회계사님을 알아봤고, 본인을 기억해 주는 나를 보며 기분 좋게 내 방에 들어오셨다. 고객님은 뜻밖의 부탁을 했다. 값비싼 단독주택을 구입하려고 하는데 주거래 은행이 아닌 우리 은행에서 대출을 받고 싶다는 것이다. 주거래 은행에서 받는 것이 더 유리하다고 설명해 드렸지만, 그는 주거래 은행을 바꿀 계획도 있다며 대출을 알아봐 달라고 부탁하셨다. 나는 열과 성을 다해 대출 상품을 안내해 드렸고 한 달 뒤 고객님은 주거래 은행도 바꾸고 대출도 진행하셨다.

귀 기울이는 것만으로도 가능한 위로

고객과의 대화에서 경청은 단순히 상대방의 말을 듣는 것만을 의미하지 않는다. 경청은 고객이 처한 상황을 이해하고, 그들의 생각과 감정을 파악하여 그 감정을 어루만지는 것을 의미한다. 경청의 가장 기본은 '집중'이다. 고객의 말에 집중하게 되면 적절한 질문도 던질 수 있다. 또한 고객의 마음에 공감을 표현하는 적합한 반응도 할 수 있게 된다. 이런 자세가 고객에게 신뢰감을 주고 고객의 경계를 풀게 만드는 것이다.

'경청(傾聽)'이라는 글자에 '들을 청'의 한자 구성을 보면, 귀 이(耳), 임금 왕(王), 열 십(十), 눈 목(目), 한 일(一), 마음 심(心) 이렇게 여섯 글자가 모여 하나의 글자를 이루고 있다. 듣는 것이 왕처럼 중요하고 마치 10개의 눈으로 보듯 상대에게 마음을 오롯이 집중해서 잘 들어야 한다는 뜻이 담겨 있는 듯하다.

경청은 심리 상담 치료에서도 상담자가 취해야 하는 가장 기본적이고 중요한 태도 중 하나이다. 내담자의 이야기를 온몸으로 주의 집중하여 듣는 것, 이것이 바로 경청이다. 특히, 적극적 경청은 수동적으로 듣는 역할만이 아니라, 스스로 적극적으로 관여하여 '네, 예, 아.' 등의 맞장구를 치거나, 중요 어구나 감정 용어를 반복하면서 듣는 방법이라고 한다.

나는 처음부터 이러한 기술들을 알고 경청을 한 것은 아니었다. 책을 읽으며 경청의 기술에 대해 다양하고 깊게 알게 되었다. 고객과의 경험을 통해 경청의 중요성을 깨달은 뒤로 나는 말을 줄이고 경청하는 습관을 지속하고 있다. 경청의 힘은 우리가 생각하는 것보다 훨씬 더 크다. 상대방의 이야기에 진심으로 귀 기울이는 것만으로도 그들에게 큰 위로가 된다는 사실을 잊지 말자.

05

완벽한 사람이 있나요?

모르는 건 창피한 일이 아니에요

둘째 출산 후 복직했을 때의 일이다. 2년 만에 복직이라 설레기
도 하고 떨리기도 했다. 아무리 능숙한 일이라도 긴 휴식 뒤에 시작
하는 순간은 누구에게나 그런 감정을 불러일으키기 마련이다. 돈을
다루는 직업이다 보니 실수를 용납할 수 없는 직종이기에 더 그렇
다. 그래서 복직을 앞두고 잠을 설치는 직원들도 많다. 나 역시 복직
을 앞두고 긴장감에 휩싸였다. 특히나 고객들은 내가 복직 직원인
지 신입 직원인지 알 수 없으니 더욱 신경이 쓰였다. 출근 첫날 A4

용지에 문구 하나를 적어 고객이 자리에 앉으면 볼 수 있는 위치에 붙여놓았다.

"안녕하세요, 고객님. 저는 이번에 복직한 오해영입니다. 2년 만에 출근이라 업무 처리가 다소 서툴 수 있습니다. 최대한 실수 없이 신속 정확하게 처리해 드리려고 노력 중이니, 조금 서툴러도 너그럽게 이해 부탁드리겠습니다. 행복한 하루 보내시길 기원합니다. 복직 직원 오해영 올림."

안내 문구의 효과는 예상했던 것보다 더 만족스러웠다. 고객님께 복직 직원이라는 사실을 알리고 안내문을 읽어보도록 안내했다. 문구를 읽으신 고객님들은 하나같이 웃으며 "괜찮아요. 천천히 해도 돼요. 나 급하지 않으니까 천천히 해요"라고 말씀하셨다. 나의 부족함을 인정하자 대처할 방법이 떠올랐다. 내 근무 경력은 중요하지 않았다. 한참 어린 후배들 옆에서 업무를 서툴게 하는 것도 창피한 일이 아니었다.

지혜로운 자는 세 살 먹은 아이에게도 배움을 멈추지 않는다고 했다. 마음속으로는 복직한 첫날부터 모든 업무를 완벽하게 처리하고 싶었지만 어차피 그런 사람은 없다. 나는 복직 직원 안내 문구를 일주일 만에 회수했다. 고객들에게 나의 상황을 솔직하게 알리고 도움을 구한 덕분에 좀 더 수월하게 업무에 적응할 수 있었다. 만약 서 툰 모습을 숨기고 일주일을 보냈다면 그다음 일주일, 어쩌면 한 달 넘게 힘들었는지도 모른다.

완벽주의자란?

친구 중에 "나는 완벽주의 성향이 강해서 스스로 힘들 때가 많 아."라고 말하는 사람이 있었다. 이런 말을 들으면 나는 '일을 정말 잘하는구나'라고 생각한다. 그러나 심리학자들은 완벽주의를 이렇 게 정의한다고 한다. '일의 실수가 있음을 용납하지 않는 주의' 즉, 완벽주의자들은 본인의 결점을 숨기는 사람, 자기 잘못을 인정하지 않는 사람이라고 볼 수 있다는 것이다. 심리학자들이 말하는 완벽 주의의 정의를 읽고 선배 한 명이 생각났다.

회사 연수를 담당했던 선배는 독후감 과제 제출 방법에 대해 안내 했다. 과제는 반드시 출력해서 종이로 제출해야 하며, 파일 제출은 인정하지 않는다고 했다. 나는 집에서 과제를 작성하고 마감 일주 일 전에 출력하여 선배에게 직접 제출했다. 그런데 과제 마감 당일 선배에게서 메시지가 왔다. 과제를 파일로 제출해 달라는 것이다. 과제를 집에서 작성했던 나는 바로 제출할 수가 없었다. 상황을 설 명하고 제출했던 출력물을 돌려주면 최대한 빨리 타이핑해서 전달

하겠다고 했다. 그러자 선배에게서 전화가 걸려 왔다.

"파일 관리를 철저히 해야 하는 업무를 하고 있는데 파일이 없다는 게 말이 되니? 집에서 작성했더라도 회사와 관련된 파일이면 회사에도 뒀어야 하는 거 아니야? 웃음이 나와? 보내줄 사람이 없어? 3분 안에 타이핑해서 준다고? 3분 내로 제출 못 하면 어떻게 할 건데?"

나에게 화를 내는 선배를 도저히 이해할 수 없었다. 선배 자리로 제출했던 출력물을 가지러 가겠다고 했지만, 선배는 오지 말라며 전화를 끊어버렸다. 선배 옆자리에서 통화 내용을 듣고 있던 후배가 나에게 달려와 숨을 고르며 말을 꺼냈다. "오늘이 과제 마감일인데 선배가 독후감 과제 출력물을 통째로 잃어버렸어요. 아침부터 계속 찾았거든요. 다른 서류들이랑 섞여서 파쇄기로 들어간 것 같다고 파일로 다시 받겠다고 공지를 한 거예요."

선배는 본인의 실수를 감추기 위해 파일로 제출하라고 한 것이었다. 후배 이야기를 듣고 나서야 선배가 왜 화를 냈는지 명확해졌다. '출력물이 없는데 내가 달라고 하니까 화를 낸 거구나!' 그 순간 당장이라도 찾아가 사과를 받고 싶었지만, 나는 평가를 받는 입장이었기에 차마 용기를 낼 수 없었다.

처음부터 솔직하게 이야기했더라면 기억을 더듬어서라도 다시 작성해서 제출할 수 있었다. 이 선배는 주변 사람들이 완벽주의자라고 이야기할 만큼 일을 잘하는 사람으로 인식돼 있었다. 나는 그 일을 겪고 심리학자들의 완벽주의 정의가 떠올랐다. 심리학자들이 정의하는 완벽주의를 다른 시각으로 이해하고 보니 그 선배는 완벽주의자가 맞는 것 같았다. 자신의 결점을 숨기는 완벽주의자.

키가 작아도 축구를 뛰어나게 잘하는 메시도 있고, 외모는 뛰어나지 않지만, 탄탄한 연기력으로 인정받는 배우들도 많다. 학창 시절 왕따를 당해 우울한 청소년기를 겪다 자퇴까지 했지만 특유의 털털함으로 성공한 유튜버도 있고, 얼핏 보면 어수룩해 보이지만 속은 내공으로 꽉 차 있는 사람도 있다. 부부도 마찬가지이다. 만약 배우자가 결점 없는 완벽한 사람이었다면, 그들은 우리보다 훨씬 나은 사람과 결혼했을지도 모른다. 완벽하게만 보이던 친구의 실수가 드러나면 나는 이렇게 얘기한다. "완전 인간미 있어! 실수조차도 너무 멋있다."

인간관계에서 오는 에너지 소모는 종종 자신의 결점을 감추려는 노심초사에서 비롯되기도 한다. 타인에게 결점을 감추느라 거짓말을 하게 되고, 그 거짓말이 언젠가 탄로 날지 모른다는 불안감에 더 많은 에너지를 쏟게 된다. 인간은 결코 완벽할 수 없다. 나에게도 부족한 부분이 있고, 나를 둘러싼 환경에도 부족한 부분이 존재한다. 우리는 부족한 점을 채우기 위해 노력할 뿐이다.

　나의 모습이나 환경을 있는 그대로 받아들여 보자. 이 세상은 어쩌면 불완전해야 비로소 완전해지는 것인지도 모른다. 결점이나 약점에 의기소침하지 말자. 나의 부족함을 인정하고 승화시킬 줄 아는 당당한 사람만이 겸손하게 성장할 수 있다. 결점과 약점 그리고 장점과 강점이 잘 어우러져 있는 사람이야말로 진정으로 완벽한 사람이 아닐지 생각해 본다. 완벽함을 추구하기보다 자신의 불완전함 속에서 성장하는 법을 배우자. 그러면 우리는 더 자유롭고, 더 인간적이며, 더 아름다워질 수 있을 것이다.

06

핑크 하트 충전 완료!

외벌이 워킹맘의 평범한 하루

오늘도 어김없이 새벽 4시 40분에 알람이 울린다. 매일 찾아오는 이 시간은 가장의 세상으로 들어가는 시간이다. 알람 소리가 남편의 숙면을 방해할까 재빠르게 핸드폰을 찾아 알람을 멈춘다. 머리는 깨어 있지만, 눈이 쉽게 떠지지 않는다. 잠시 눈을 감은 채 남편 덕분에 갖게 된 소중한 새벽 시간을 떠올린다.

120분을 어떻게 알차게 보낼지 하고 싶은 일들 그리고 해야 할 일들을 설레는 마음으로 머릿속에 하나씩 나열해 본다. 한 개, 두 개씩 나열하다 보면 하나라도 더 빨리해 내고 싶은 마음에 눈이 번쩍 떠진다. 눈을 뜬 순간 내 머리 위에는 오늘 하루를 잘 살아가는 데 필요한 핑크 하트가 생긴다.

이부자리를 정리하고 부엌으로 가 전날 꺼내놓은 계란 한 개를 계란 찜기에 올려놓는다. 이를 닦고, 화장하고, 옷을 입고 출근 준비를 하는 데까지 30분이면 충분하다. 옷을 챙겨 입을 때쯤, 찜기에서 쪄진 계란이 뜨거운 곳에서 빨리 꺼내달라는 듯 요란한 신호음을 보낸다. 뜨거운 계란을 키친 타월에 담고 바나나와 요플레를 간식 가방에 넣는다. 이어폰을 꽂고 가방을 챙겨 일어난 지 35분 만에 모두가 잠들어 있는 고요한 집을 나선다. 새벽 5시 20분은 전날 퇴근길에 보이던 길고양이들도 잠자는 시간인가 보다.

버스 정류장까지 가는 길목은 전날 가로등을 끄지 않고 퇴근한 영화 촬영 세트장처럼 적막하다. 버스 정류장에 다다르면 적막했던 골목길은 사라지고 새벽 일찍 하루를 시작하는 사람들로 북적인다.

내가 매일 첫 번째로 마주하는 사람은 버스 기사님이다. 버스에 올라타며 기사님께 가벼운 눈인사를 건넨다. 신기하게도 내 목례를 무시하는 기사님은 거의 보지 못했다. 버스에 올라타면 나의 고정

좌석이 비어 있는지 살핀다. 나는 뒷바퀴가 위치한 창가 좌석을 좋아한다. 이 자리에서는 다리를 쪼그려 앉을 수 있고, 책을 읽을 때 목을 떨어뜨리지 않아도 되는 최고의 명당이기 때문이다. 내가 출근하는 새벽 시간에는 출근하는 사람들이 제법 많아 빨리 자리를 선점해야 한다.

고정 좌석에 자리를 잡고 책을 편다. 가끔 명상을 하기도 한다. 명상을 배우지 않아 하는 방법은 모르지만 어렴풋이 기억나는 영화 속 명상 장면을 떠올리며 잔잔한 음악을 틀고 눈을 감는다. 처음 명상을 시작했을 때는 명상이 아니라 잠을 청하는 듯했다. 실제로 잠든 적도 여러 번 있었다.

잠들지 않기 위해 버스 타는 시간을 반으로 나누어 반은 책을 읽고 반은 명상을 했다. 스르르 잠이 들 때쯤 버스에서 내려야 하니 더 이상 잠드는 일은 없었다. 운동을 한 뒤 일어나면서 계획했던 일들을 하나씩 해나간다. 깊은숨을 몇 번 들이키지도 않았는데 어느새 120분이라는 시간이 훌쩍 지나 있다.

자기 계발 베스트셀러들이 출간되면서부터였을까? 미라클 모닝, 모닝 루틴, 나이트 루틴 등의 용어가 홍수처럼 쏟아졌다. 나는 루틴을 만들려고 일부러 노력한 것은 아니다. 25년 동안 꾸준히 출근하다 보니 자연스럽게 만들어진 나의 일상이다. 지금 보니 내가 아침에 일어나서 하는 일상이 결국 미라클 모닝과 모닝 루틴을 합쳐 놓은 듯하다. 회사에서는 야근하지 않기 위해 최대한 업무 시간에 집중한다.

바쁠 것을 확실히 아는 날은 화장실 가는 시간도 아까워 커피를 마시지 않는다. 정신없이 일하다 보면 주변이 부산스러워진다. 업무 시작한 지 한 시간도 안 지난 것 같은데 벌써 점심시간이다. 남자 직원들과 함께 식사하다 보니 구내식당에서 밥을 먹는 날엔 군대 짬밥 먹듯 10분 만에 다 먹어 치운다.

밥을 먹는 도중에 말하면 안 된다. 질문하면 최대한 짧게 대답해야 한다. 말하면서 동시에 그들의 흡입 속도를 따라잡는 것은 불가능하기 때문이다. 물론 나 혼자 다 먹지 못했으면 천천히 먹으라고 기다려준다. 하지만 모두가 내 식판만 쳐다보고 있는 듯한 느낌에 먹기가 힘들다. 반이나 남은 밥과 반찬을 급하게 국그릇에 쓸어 담고 "가시죠." 하며 자리에서 일어나 퇴식구로 향한다.

자리로 올라와 양치하고 남은 점심시간 동안 아침에 읽던 책을 편친다. 책을 읽다 보면 혼자 키득키득 웃기도 하고, 슬픈 글을 읽으면 눈물 콧물을 쏟기도 한다. 조용한 사무실에 훌쩍거리는 소리가 크게 들릴까 후다닥 휴지를 뽑아 눈물을 닦고 훌쩍거리지 않으려 코를 막아버린다. 울고 웃는 동안 또다시 시간은 쏜살같이 지나간다. 12시 57분이 지나면 낮잠을 자던 직원들의 알람 소리가 여기저기서 들려온다. 아쉽지만 책을 덮고 다시 오후 근무를 시작한다.

날씨 좋은 봄날에는 졸음이 밀려온다. 일하려고 모니터를 켠 지 얼마 지나지 않아 모니터 속 글자들이 날아다니기 시작한다. 내 마우스도 수면 바이러스에 걸렸는지 자기 맘대로 움직인다. 야근하지 않으려면 잠을 쫓아낼 백신이 필요하다. 화장실에서 입가심도 하고 몸을 움직여 겨우 잠을 쫓아본다. 자리에 돌아와 마우스를 움직이니 마우스가 멀쩡하다. 분명 고장 난 것 같았는데 말이다.

칼퇴근하겠다는 일념 하나로 퇴근 시간 전까지 업무 두더지 잡기 게임을 시작한다. 두더지 한 마리, 두 마리, 세 마리, 하나씩 정확하게 잡아나간다. 어디서 튀어나올지 모르는 업무 두더지들을 집중해서 한 마리씩 잡아야 한다. 한 번에 제대로 잡지 않으면 도망쳐서 또다시 나타날 수 있다. 긴장의 끈을 놓지 않고 완벽하게 잡다 보면 어느새 게임 종료 시간이 된다.

흐려지는 핑크 하트 감사함으로 채우기
새벽에 눈 뜨며 획득한 핑크 하트는 회사에서 에너지를 소모하면서 옅어지긴 했지만, 아직 집에 가서 쓸 에너지는 충분히 남아있다. 이어폰을 꽂고 신나는 노래를 듣는다. 아침에도 그랬듯 버스를 타러 가는 길에 집에 가서 해야 할 일들과 하고 싶은 것들이 머릿속에 자연스럽게 나열된다. 회사에서 한 마리도 놓치지 않고 두더지를 잘 잡았다는 뿌듯함과 새로운 저녁 시간이 시작된다는 설렘이 어깨를 들썩이게 만든다. 흘러나오는 노래가 나를 더 즐겁게 한다.

가족들과 함께 즐거운 저녁 식사를 마치면 잠들기 전까지 2~3시간 정도의 여유 시간이 있다. 지금은 글을 쓰고 있지만 글을 쓰기 전엔 가족들과 대화하거나 듣고 싶은 수업도 들으며 하고 싶은 다양한 일들을 한다. 나의 취침 목표 시간은 9시이다. 이것저것 하다 보면 목표 시간을 항상 넘기게 되지만 최대한 수면 시간을 지키려고 노력한다. 세상 어떤 약보다 잠이 보약이라는 것을 경험을 통해 알게 되었기 때문이다.

눈을 떠서 잠들기까지 나의 하루는 그 누구보다 평범하다. 하지만 매일 이렇게 평온한 것은 아니다. 회사에서는 직원들과의 관계로 속상할 때도 있고, 일 때문에 스트레스를 받기도 한다. 남편에게 화가 날 때도 있고, 사과해야 할 때도 있다. 아이들이 속을 썩이는 날에는 하루에 해결되지 않는 일들도 많다.

누구에게나 하루는 불확실할 수밖에 없다. 하루라는 24시간이 어디에서 튀어나올지 모르는 두더지들로 가득 차 있는 듯하다. 하지만 두더지들이 무서워 고무망치를 잡지도 못하고 도망칠 수는 없지 않은가. 한 가지라도 잘 해내기 위해 꾸준히 노력하다 보면 불확실한 하루를 헤쳐 나갈 나만의 노하우를 갖게 될 것이다. 나의 하루를 글로 적어 보니 루틴이라는 것이 별거 아니라는 생각이 든다.

그저 내가 좋아하는 것, 하고 싶은 소소한 일들을 생각하고 꾸준히 실천하며 반복하는 것. 일상에서 기쁨을 찾고 하루를 행복하게 마무리하는 것. 그것이 하루를 잘 살아내는 것이 아닐까? 하루하루를 성실하게 사는 사람들은 그렇지 않은 사람에 비해 불안함을 덜 느낀다. 오늘 하루를 잘 살아내면 "오늘 하루 괜찮았어."라고 말하며 오늘의 뿌듯함으로 내일 하루를 또 잘 살아낼 수 있다.

결국, 하루를 잘 살아내는 것은 거창한 목표를 세우는 것이 아니라, 작은 일상에서 행복을 찾을 수 있으면 된다. 괴테의 말처럼 하루만큼 중요한 것은 없다. 원하기만 한다면 우리의 하루는 더 나아질 수 있다. 하루를 어떻게 살았는지, 무엇을 위해 살았는지 돌아보자. 매일 감사한 일을 찾아 기록해 보자. 기록된 삶은 내 인생을 나답게 만들고 더 나아가 내 꿈이 될 수 있다.

07

좋은 습관이
행복한 인생에게

돈 공부, 사람 공부

나를 설레게 하는 매일의 루틴은 결국 좋은 습관을 만들어 나가는 것이다. 이번에는 조금 다른 이야기를 해볼까 한다. 매일매일 일어나는 루틴과는 다르게 간헐적으로 마주하게 되는 사건들 속에 내가 대처할 수 있는 마음가짐과 태도에 관한 이야기이다.

나는 외벌이기 때문에 맞벌이 부부보다는 경제적으로 여유롭지 못하다. 다행히 커피 맛에는 그다지 까다롭지 않아 회사에 있는 커피를 마신다. 배달 음식도 꼭 먹고 싶은 음식만 사다 먹는다. 날씨 좋은 날 차를 끌고 교외를 돌아다니면 참 좋겠지만 한번 나가면 최소 10만 원이 넘게 소비되다 보니 걸어서 갈 수 있는 곳을 다녀오거나 가까운 곳을 선호한다. 동네에서 외식도 거의 하지 않아 외식을 하려 해도 맛집을 잘 모른다. 불행인지 다행인지 가족들 모두 집밥을 더 좋아한다. (물론 나만의 착각일 수 있다.)

이런 생활을 꾸준히 하고 있지만 돈에 대한 스트레스가 없다고 말하면 거짓말일 것이다. 나도 주말마다 교외로 나가서 맛집에 들러 맛있는 음식을 먹고 예쁜 찻잔에 나오는 커피와 함께 크림 듬뿍 얹은 디저트를 먹고 싶을 때도 있다. 물론 현실은 그렇지 못하지만 나는 내 선택에 후회하지 않는다. 내가 선택한 삶 안에서 행복을 느끼며 살아가고 있다.

이 세상은 나 혼자 살아갈 수 없다. 태어나면서부터 엄마 아빠와 관계를 맺어야 하고, 어린이집에 가면 선생님, 친구들과 관계를 맺어야 한다. 성인이 되면 내가 원하든 원치 않든 나와 다른 삶을 살아온 수많은 사람들과 관계를 맺으며 살아가야 한다. 우리는 하루에도 다양한 감정을 느끼면서 살고 있다. 기쁨, 분노, 걱정, 슬픔, 공포, 놀람. 나도 심리적으로 매우 힘든 시기가 있었다. 그때 한 지인이 나에게 이런 말을 해줬다.

"대부분의 사람이 힘들어하는 이유를 깊이 파고들면 결국 가장 큰 원인은 돈 그리고 사람이더라고요. 그 원인을 알기 전까지는 너무 힘들지만, 그 원인이 돈과 사람이라는 것을 깨닫는 순간 신기하게 힘든 마음을 치유할 힘이 생기고 방법이 떠올라요. 내가 어떻게 대처해야 하는지는 경험과 공부를 통해 터득해야 해요."

지인의 이 말이 내 마음속 깊이 와닿았다. 실제로 나는 돈 때문에 불안한 적도 있었고, 주변 사람 때문에 힘들기도 했다. 지인의 이야기를 듣고 지금까지 한 번도 궁금해하지 않았던 것들에 대해 물음표가 생겼다. '돈을 바라보는 나의 마음은 어떤 걸까? 사람과의 관계에서 나의 태도는 어떠한가?' 그날 이후 나는 돈과 인간관계에 대한 나의 마음과 태도를 변화시키기 위해 돈과 인간 심리학에 대한 책을 읽기 시작했다.

그동안 돈을 단순히 벌고 저축하고 쓰는 것에만 집중했다. 인간관계에서는 모든 사람과 좋은 관계를 유지해야 한다는 압박감을 느끼며 살아왔다. 독서를 통해 생각이 정리되니 마음이 평안해지고 돈을 대하는 마음, 사람을 대하는 태도가 조금씩 바뀌기 시작했다. 김승호 회장님은 『돈의 속성』에서 돈을 인격체에 비유했다. 돈은 감정이 있고 생각이 있어서 돈을 함부로 하거나 하찮게 여기는 사람에게는 다가오지 않는다는 것이다. 내 기준으로 큰돈이라고 생각하는 돈을 쓸 때 좋은 마음으로 보내줘야 그 돈이 나를 기억했다가 더 좋은 친구들을 데리고 오는 것이 돈의 속성이라는 것이다.

나를 맞벌이 부부로 오해하고 그 돈 벌어서 다 어디다 쓰냐며 뜬금없이 밥을 사라고 하는 사람들이 있다. 내가 외벌이라는 것을 알지 못할 정도로 밥을 잘 사는데도 유독 밥을 얻어먹고 싶어 하는 몇몇이 있다. 업무적으로 부딪힐 일이 있으니, 관계를 불편하게 만들고 싶지 않아 내가 왜 사야 하는지도 모른 채 돈이 아깝다는 생각으로 밥을 샀다. 한 끼에 인당 2만 원이 넘는 식사비는 나에게 부담스러운 금액이다. 하지만 책을 읽으면서 그런 나의 마음에 변화가 일어났다.

김승호 회장님의 책에서 배운 것처럼, 돈을 인격체로 생각하니 돈에 대한 관점이 달라졌다. 밥 잘 사주는 예쁜 누나는 아니지만 이제는 돈이 아깝다고 생각하지 않게 되었다. 밥을 사면서 돈에게 이야기한다. "좋은 친구들 많이 데려와라, 돈님아."

내가 제일 먼저 듣는 말은 내가 한 말

몇 년 전 하버드대학 정신과 로버트 월딩어 교수의 테드 강의를 본 적이 있다. 하버드대학교의 연구팀은 1938년부터 성인 발달 연구를 시작했고 무려 80년에 걸친 인생 연구를 진행했다. 로버트 월딩어 교수는 이 연구의 네 번째 총책임자였다. 연구팀은 '무엇이 인간을 행복하게 만드는가?'를 주제로 다양한 계층의 724명을 선발해 2년마다 인터뷰를 진행했다. 오랜 시간 동안 그들의 삶을 추적한 끝에 2015년 연구 결과를 발표했다. 연구의 결과는 놀랍게도 '인간을 행복하게 만드는 것은 인간관계'라는 사실을 학문적 연구를 통해 증명해 냈다.

연구팀은 행복의 조건으로 세 가지를 꼽았다. 첫째, 가족, 친구 그리고 공동체와의 관계가 긴밀할수록 행복을 느낀다고 한다. 고립된 삶은 몸과 마음을 병들게 한다는 뜻이다. 둘째, 얼마나 많은 사람과 관계를 맺느냐보다, 적은 사람들일지라도 친밀하고 신뢰도가 높은 관계를 맺는 데 성공했다면, 그 사람이 더 행복하다고 했다. 인생을 살면서 진정한 친구는 셋이면 충분하다는 것이다. 셋째, 좋은 관계가 몸과 마음뿐 아니라 두뇌도 보호한다고 했다. 인간관계가 좋을수록 스트레스가 적고 더 건강한 생활을 하며 심지어 노년에도 두뇌 기능이 활발하게 유지된다고 설명이었다.

행복의 결정적인 요인인 인간관계를 해치는 가장 큰 원인은 무엇일까? 나는 그 원인이 '말'에 있다고 생각한다. 우리는 살아가면서 타인의 말 때문에 좌절하기도 하고 반대로 내가 무심코 한 말로 상대에게 상처를 주기도 한다. 모든 사람의 내면에는 여러 가지 생각들이 존재한다. 대표적으로 긍정적인 생각과 부정적인 생각이 있다. 부정적인 말만 하는 사람도 있고, 긍정적인 말로 우울한 사람까지 기분 좋게 만드는 사람이 있다.

두 개의 감정 중 어떤 것을 일깨울지는 나의 선택에 달려있다. 내 입에서 나간 말은 내가 제일 먼저 듣는다. 내가 말한 부정적인 언어는 가장 먼저 나에게 영향을 미친다. 좋은 말 한마디는 엄동설한의 추위도 따뜻하게 느끼게 해주고, 악담으로 상처를 주면 유월의 더위도 춥게 느껴지게 한다.

사회생활을 처음 시작했을 때 저녁을 먹으러 식당에 갔다. 메인 음식이 나오기도 전에 배가 고픈 나머지 세팅된 반찬을 순식간에 해치웠다. 막내였던 나는 재빨리 반찬을 더 달라고 주문했다.

"이모님, 여기 반찬 좀 더 주시면 안 될까요?"

나의 주문 멘트를 들은 팀장님이 나에게 조용히 조언했다.

"막내야, 식당에서 주문할 때는 무조건 사장님이라고 호칭하는 게 좋아. 물론 사장은 아닐 수 있지만 종업원은 사장이 된 것 같은

가장, 그까이꺼 제가 하겠습니다!

기분이 들어서 손님한테 더 잘해줄 거야. 그리고 왜 '안될까요?'라고 물어보지? 종업원에게 부정적인 명령으로 들릴 거야. 그러니 앞으로는 긍정으로 질문해."

팀장님이 너무 맞는 말만 해서 도인인 줄 알았다. 지금 생각해 보니 팀장님은 '긍정적인 말의 힘'을 잘 알고 계셨다. 그 이후 나는 꾸준히 긍정적 언어를 사용하려고 노력해 왔다. 그러나 여전히 남편과 아이들에게는 머릿속에 있는 말이 걸러지지 않고 그냥 튀어나올 때가 많다. 그럴 때면 가족들은 "말을 예쁘게 해주시면 좋겠어요." 라고 말한다. 집 밖에서는 예쁘게 말하려고 무던히도 노력하지만 정작 가장 소중한 가족에게는 노력이 부족했다.

내가 하루에 쓸 수 있는 에너지는 무한하지 않다. 내가 아침에 눈을 뜨며 얻게 되는 핑크 하트의 에너지 상태를 스스로 체크하고 점검할 줄 알아야 한다. 좋은 습관이 많아지면 에너지 소모율을 효율적으로 관리할 수 있게 된다. 내 인생에 어떤 선택의 상황이 오더라도 나의 에너지 상태를 최적화할 수 있는 방향으로 선택한다면 지치지 않고 꾸준히 해내는 것이 가능하다. 좋은 습관이 여러 개 쌓이면 그 습관 자체가 나의 삶이 된다. 매일의 삶이 차곡차곡 쌓여 어느새 성장해 있는 내 모습을 마주하게 될 것이다.

5장

두근두근 설레는
꿈을 찾아서

01

마흔,
잔잔한 호수에서 대양으로

"울어라. 용서해라. 배워라. 그리고 앞으로 나아가라. 너의 눈물이 앞으로 너에게 다가올 행복의 씨앗에 밑천이 되게 하라." 스티브 마라볼리

마음의 지진이 일어나는 40대

마흔 번째 생일이 기억 속에서 희미하다. 다른 가족들의 생일과 다를 바 없이 함께 저녁을 먹고 케이크를 잘랐을 것이다. 남편이 나를 위해 내가 좋아하는 빵집까지 가서 생일 케이크를 사 온 적이 있었다. 기대감에 부풀어 케이크 상자를 열었다. 내가 선호하지 않는 당근 케이크가 들어 있었다. 어쩌면 그날이 내 마흔 번째 생일이었을지도 모른다.

어느 순간부터 케이크에 나이만큼의 초를 꽂지 않게 되었다. 초의

개수로라도 여전히 20대이고 싶은 마음이다. 어렸을 땐 빨리 어른이 되고 싶었다. 어른이 되면 누구의 허락 없이 내 마음대로 내가 할 수 있는 모든 것을 하며 살 수 있을 줄 알았으니까. 그런데 막상 어른이 되고 보니 책임과 의무가 자유와 함께 따라온다는 걸 알게 됐다.

두 번째 회사에 입사한 뒤로는 회사가 내 인생의 전부라고 생각했다. 계약직이라는 타이틀에서 벗어나고 싶어 회사 안에서 인생 목표를 찾아 남들보다 배로 노력하며 달려왔다. 정규직이 되고 나니 승진하고 싶었고, 승진 이후 내가 갈망했던 일을 몇 년간 해오면서 어느새 나는 익숙하고 편안한 호수에 떠 있는 듯했다.

"40대에는 마음에 지진이 일어난다." 심리학자 칼 구스타프 융의 말이다. 지금 와서 생각해 보니 나는 정확히 내 나이 마흔에 인생의 공허함을 느꼈던 것 같다. 비가 오고 바람 부는 날은 있었지만, 태풍이 몰아치거나 홍수가 날 일 없는 호수였기에 발차기조차 필요 없었다. 그냥 온몸에 힘을 빼고 누워있기만 하면 호수 위에 둥둥 떠다니며 물이 흐르는 방향에 따라 이리로 갔다, 저리로 갔다 다시 호수로 쓸려오기를 반복하고 있었다.

은행에 들어와 첫 지점에서 함께 지냈던 선배님들이 정년퇴직한 지 2~3년이 지났을 때 내가 마흔이었다. 당시 선배님들의 나이

가장, 그까이꺼 제가 하겠습니다!

는 50대 후반. 일 년에 한두 번 선배님들을 만나면 나는 항상 같은 질문을 한다. "별일 없으시죠? 요즘은 뭐 하고 지내세요?" 내 질문이 끝나기도 전에 여기저기서 한탄 섞인 답변이 들려온다. "뭐 맨날 집에 있지. 갈 데도 없고, 불러주는 사람도 없고. 너네는 우리 버리면 안 된다.", "어제는 청계산, 오늘은 도봉산, 내일은 무슨 산을 가나.", "아내 기사 노릇 열심히 하고 있어.", "여행도 돈이 있어야 가지." 선배님들의 대답도 한결같다.

물론 재취업을 하거나, 본인 사업을 시작하신 분들도 더러 있긴 하다. 하지만 그 많은 선배 중 누구 하나 해보고 싶었던 일, 꿈꿔왔던 일, 못하고 죽으면 후회할 것 같은 일을 하는 선배는 단 한 명도 보지 못했다. 현실은 냉정했다. 가족들이 나만 쳐다보고 있으니까, 집에 있으면 눈치 보이니까, 아직 건강한데 집에서 청소만 하는 것보다는 나가서 뭐라도 하는 게 나으니까. 어쩔 수 없는 수많은 이유로 꿈과는 거리가 먼 현실을 또다시 살아가게 된다.

잔잔한 호수에서 한 발짝을 내딛다

선배들을 만나고 집으로 돌아오는 길에 내 머릿속에 있는 또 다른 나의 눈에 편안한 자세로 호수 위에 둥둥 떠다니는 내가 보였다. 마흔의 나는 파도 없는 호수에서 구명조끼도 입지 않은 채 환하게 웃고 있었다. 이 잔잔한 호수에 도달하기까지 내 키보다 더 큰 파도를 만나기도 했고, 우산도 소용없는 우박을 맞아보기도 했다. 매일 옆에서 웃고 떠들지만, 서로서로 밟고 올라서야 하는 치열한 경쟁 속에서 마흔에 이르러서야 겨우 잔잔한 호수에 도달한 것이다. 내 머릿속의 또 다른 내가 호수 한가운데에 세상 물정 모르는 아이처럼 둥둥 떠 있는 나에게 소리쳤다.

"이제 그만 일어나서 밖으로 나와! 너 계속 거기 있으면 위험해!"

머릿속 나의 부름에 홀린 듯 호수 밖으로 나온 나는, 호수 밖의 새로운 세상을 보았고 한동안 입을 다물지 못했다. 그동안 호수 밖에 또 다른 세상이 있다는 것을 알지 못했다. 내게 전부라고 생각했고, 내가 사랑했던, 그리고 평생 안전할 줄만 알았던 호수가 갑자기 낯설게 느껴졌다. 마음에 요동이 치기 시작했다. 무엇을 위해 이렇게 달려왔는지 20여 년의 직장 생활이 무의미하게 느껴지기까지 했다. 문득, 내가 남편에게 사표를 쓰라고 하면서 했던 말이 생각났다. "시간이 걸려도 좋으니, 당신이 오래도록 즐겁게 할 수 있는 일을 찾아봐."

나는 내가 하는 회사 일이 바로 그런 일이라 생각했다. 평생 오래도록 즐겁게 할 수 있는 일. 퇴직은 아직 먼 이야기라고 생각했다. 아니 어쩌면 의도적으로 퇴직과 마주하고 싶지 않았던 것 같다. 열심히 살았더니 어느새 마흔이 되어있었고, 마흔이 되고 보니 정년이라는 녀석이 내 코앞에 와있는 듯했다.

　호수 밖에 서 있는 나는 철저히 혼자였다. 조언을 구할 사람도 조언을 구하고 싶은 사람도 보이지 않았다. 나 스스로 답을 찾아야 했다. 나를 호수 밖으로 꺼내준 또 다른 내가 고맙기도 했고, 원망스럽기도 했다. "이제라도 꺼내줘서 고마워, 그런데 좀 더 일찍 말해주지 그랬어." 마흔에 비로소 나를 돌아보며 스스로를 토닥여주었다. "그래도 지금까지 잘 살아왔어. 정말 장해. 한 가정의 가장이라는 역할이 쉽지 않았을 텐데 잘 버텨왔어. 네가 한 선택에 충분히 책임을 다하고 있어. 고생했어." 스스로에게 따뜻한 위로를 건네 본다.
　호수 밖 세상은 너무나도 다양한 풍경이 펼쳐져 있었다. 마치 우물 안에서 막 벗어난 개구리처럼 어디로 튈지 몰랐다. 특히나 호기심 많은 나에겐 눈 앞에 펼쳐진 수많은 세계 중에 어떤 세계로 먼저 가야 할지 선택이 쉽지 않았다.

　'마흔 이후의 삶은 어떻게 살아야 하는지 알려주는 책은 없을까?' 라는 생각에 곧바로 인터넷 서점으로 들어가 '마흔'이라는 키워드를 검색했다. 44페이지 분량의 책이 검색되었다. 궁금해졌다. 서른 살을 위한 책은 몇 권이나 될까? 키워드를 '서른'으로 바꿔 검색 버튼을 눌렀다. 검색 결과는 31페이지. 뒤이어 스무 살도 검색했다. 스무 살은 20페이지였다. 이 무슨 우연의 일치란 말인가? 연령대별로 페이지 수의 앞자리가 일치했다. 마흔이 대단한 나이이긴 한가 보다. 물론 허수도 있겠지만 44페이지라는 숫자가 마흔이 인생에서 얼마나 중요한 시점인지를 보여주는 것 같았다.

마흔은 원래 그런 거야!

우연히 TV에서 '좋든 싫든 지금은 100세 시대'라는 주제로 김미경 강사님이 하는 강연을 보게 되었다. 100세 시대를 살아가고 있는 우리. 100세를 24시간에 빗대어 계산하면 1년은 대략 14분 24초. 40세는 오전 9시 36분이 된다. 50세가 되어야 비로소 낮 12시 점심시간이 된다는 것이다. 김미경 강사님은 젊었을 때의 수많은 경험을 구슬이라고 표현했다. 40대는 나만의 목걸이를 만들기 위해 가장 많은 구슬을 모을 수 있는 최고의 시간이라고 말했다.

구슬을 만드는 데 15년, 구슬을 꿰는 데 15년, 목걸이 하나를 완성하기까지 적어도 30년 이상 걸린다. 이 목걸이는 결국 50대가 되어서야 나만의 콘텐츠로 탄생하게 된다. 강의 중인 김미경 강사님이 마치 내 앞에 마주 앉아 있는 것 같았다. 독심술로 내 마음을 읽기라도 한 듯 아무것도 이룬 것이 없다며 허탈해하고 있는 나에게 새로운 세상의 문을 열 수 있는 열쇠뭉치를 건네는 듯했다.

강사님은 불안해하고 있는 나에게 그 자리가 바로 다시 일어서야 하는 자리라고 일깨워주었다. 마흔 이후 나의 삶은 경제적으로 크게 달라지지 않았다. 달라진 것이 있다면 회사에서의 꿈이 아닌, 내 삶에 가슴 뛰는 꿈들이 생기기 시작했다는 것이다. 김미경 강사님 말씀처럼 회사에 올인했던 나의 삶이 헛되지 않았음을 기억했다. 회사는 열정적으로 하루하루 지내온 나에게 많은 구슬들을 남겨주었다.

앞으로 부족한 구슬들을 더 모아야 한다. 몇 개가 필요한지 알 수 없지만, 그 수를 채우는 것은 오롯이 나에게 달려있다. 비로소 마흔에 가슴 뛰는 꿈을 찾아 꿈을 이루기 위한 여정을 시작했다. 지금까지 해왔던 것처럼 꾸준히 노력한다면 소소한 꿈들을 하나씩 이룰 수 있다고 믿는다. 꿈이 이루어지는 그 날, 나는 또 다른 가슴 뛰는 꿈을 찾아 도전할 것이다. 호수에서 나와 넓은 대양으로 갈 것이고, 그 곳에서 끝없는 꿈을 향한 여정은 계속될 것이다.

메멘토 모리, 카르페디엠

> "오늘의 문제는 싸우는 것이요, 내일의 문제는 이기는 것이며, 모든 날의 문제는 죽는 것이다."
>
> 위고

모든 사람은 죽음을 맞이한다

나는 막내여서 가족들의 사랑을 많이 받으며 컸다. 물론 혼나는 날도 많았다. 엄마에게 심하게 혼나고 나면 이불 속에 숨어 서러운 마음에 눈물을 멈추지 못했다. 계속 울면 또 혼날까 봐 이불로 입을 막고 울기도 했다.

중학교 때, 엄마에게 거짓말을 하고 학원을 빼먹은 적이 있었다. 연락도 되지 않던 시절인데 연락 없이 집에 늦게 들어왔으니 막내딸이 들어올 때까지 엄마는 얼마나 마음을 졸였을까? 지금 생각하니 엄마에게 미안하다. 내가 엄마였어도 화가 머리끝까지 났을 것이다. 맞는 게 너무 아파서 이방 저방 도망 다니다가 결국 엄마에게 붙잡혀 더 맞았다.

불빛 하나 없는 깜깜한 방 침대에 누워 죽음에 대해 생각했다. '죽음 앞에 서면 어떤 기분일까?', '내가 죽으면 누가 슬퍼해 줄까?', '이렇게 누운 채로 숨만 쉬지 않으면 죽는 건가?' 이런 생각을 하며 숨을 멈춰보기도 했다. 엄마한테 혼날 때면 가끔 죽음에 대해 생각했던 것 같다. 내가 죽으면 가족 모두 슬퍼할 것 같았다. 내가 사랑을 많이 받았다는 생각이 들었다.

그때 이후 가장이 되어 죽음에 대한 두려움을 마주하기 전까지 죽음에 대해 생각할 겨를이 없었다. 마흔이 넘으니 1년에 수십 건의 경조사 문자 중 부고 문자가 98% 이상 되는 것 같다. 이제는 죽음이라는 것에 익숙해져야 하고, 죽음에 대해 생각해야 하는 나이가 된 것 같다.

국립과학수사연구원 법의관인 유성호 교수님은 '죽어야 만나는 남자'로 불린다. 교수님은 법의학자로서 죽은 자의 얼굴을 마주할 때마다 유한한 우리의 인생이 더없이 소중함을 느낀다고 한다. 수명은 길어지고 있지만 모든 사람은 결국 죽음을 맞이한다. 혹자는 언제 일어날지도 모르는 죽음을 왜 미리부터 고민하느냐고 물을지도 모른다. 하지만 우리는 죽음을 직면할 때 비로소 나에게 주어진 시간에 한정이 있음을 깨닫게 된다. 삶이 희소 자원임을 인지할 때 우리는 우리의 삶이 더욱더 소중하고 가치 있게 여겨지기 때문이다.

연명 치료는 하지 마라

작년 겨울 부모님이 나에게 당황스러운 이야기를 하셨다.

"엄마, 아빠가 혹시라도 아파서 병원에 가게 되면 연명 치료는 하지 마라. 지난주에 「사전 연명 의료의향서」를 건강보험공단에 제출하고 왔어. 괜히 연명 치료한다고 돈 들이고 그러지 마."

생각지도 못한 부모님의 말씀에 아무 대답도 하지 못했다. 우리나라는 2018년부터 「연명 의료 결정법」에 따라 연명 의료 결정 제도가 시행되었다. 이 제도는 환자가 존엄하게 삶을 마무리할 수 있도록 하는 것을 목적으로 하고 있다. 「사전 연명 의료 의향서」에는 이런 내용이 포함되어 있다.

"임종 과정에 있다는 의학적 판단을 받은 경우, 연명 의료를 시행하지 않거나 중단하는 것에 동의합니다."

부모님은 왜 이런 결정을 하셨을까? 두 가지 이유일 것 같다. 첫째는 자식들을 위한 배려이다. 마지막까지 자식들에게 부담 주지 않으려는 사랑에서 비롯된 결정. 두 번째는 부모님의 부모님을 떠나보내며 언젠가 당신들에게도 있을 죽음에 대해 본인이 원하는 죽음을 선택하는 것이라는 생각이 들었다. 부모님의 결정이 나를 먹먹하게 만들었다. 죽음이 한 발짝 더 가까이 와 있음을 실감했다. 70세가 훌쩍 넘은 지금도 두 분이 함께 열심히 살고 계신 이유도 삶의 끝이 얼마 남지 않았다는 것을 아시기 때문일 것이다.

실패해도 좋으니 계속 나아가야 하는 이유

드라마를 잘 보지 않는 내게 친구가 꼭 보라며 드라마 한 편을 추천해 주었다. 제목은 〈이재, 곧 죽습니다〉였다. 삶이 고통스러웠던 주인공 최이재는 '죽음은 그저 내 고통을 끝내줄 하찮은 도구일 뿐.'이라는 유서를 남기고 스스로 생을 마감한다. 그는 신 앞에 가기 전, 자신을 '죽음'이라고 소개한 한 여자를 만난다. 그는 신이 인간에게 부여한 기회, 즉 일생 단 한 번만 죽는다는 섭리를 저버렸다는 이유로 12번의 죽음을 경험하는 벌을 받게 된다.

주인공은 죽음을 코앞에 둔 12명의 몸속으로 차례로 들어간다. 죽음을 피하면 그 사람의 몸으로 새 인생을 살 수 있지만 번번이 실패한다. 아무리 피하려고 발버둥을 쳐도 죽음을 피할 수 없는 인간의 나약함이 드러나는 것이다.

드라마의 하이라이트는 주인공이 마지막으로 들어가게 되는 12번째 몸이다. 최이재가 마지막으로 살게 될 인물은 다른 누구도 아닌 자신의 엄마였다. 엄마가 되어서야 비로소 알게 된 것. 그것은 극단적 선택을 한 자신에 대한 후회와 자책이었다. 자신의 선택으로 남은 사람들이 얼마나 아파하고 그리워하는지를 깨닫게 된 것이다.

열두 번의 생을 다시 살아보고 나서야 뼈저리게 느낀 삶의 소중함에 오열하는 주인공을 보며 내가 신에게 받은 삶이라는 유한한 선물에 대한 최소한의 예의는 무엇인지 생각하게 되었다. 주인공은 엄마의 몸으로 죽으며 이런 독백을 남긴다.

"끝까지 살아달라고 했던 엄마의 말을 오롯이 지켜내기 위해서 나는 살아야 했다. 두려움에 떠는 인생은 진짜 인생이 아니다. 세상이 알아주지 않을까 두려워, 뒤처질까 두려워, 거절 받을까 두려워 나는 내 인생의 꽃도 피워보지 못한 채 두려움에 떨다 스스로 죽고 말았다. 죽고 나서야 알았다. 삶이 기회였다는 사실을. 그리고 삶에서 전부라 생각했던 고통은 일부분이었다는 사실을. 날이 맑은 하루, 비가 오는 하루, 바람이 부는 하루, 그런 하루하루가 모여 인생이 된다는 사실을. 실패해도 좋으니 계속 나아가야 하는 이유를 나는 엄마의 몸이 되고 나서야 비로소 알게 되었다."

우리는 이 세상에서 단 하나뿐이다. 모든 인간은 각자의 재능을 갖고 태어난다고 믿는다. 살아 있는 동안 그 재능을 찾아 끊임없이 노력하는 사람이 있는가 하면, 재능이 없음을 한탄하며 하루를 의미 없이 살아가는 사람들도 있다. 우리의 삶이 소중한 이유는 누구에게나 끝이 존재하기 때문이다. 죽음을 외면하면 내 삶의 가장 중요한 마지막이 너무 허무하게 끝날 것 같다. 하지만 죽음을 직면한다면 후회 없는 마무리를 할 수 있고, 지금 주어진 유한한 삶이 더 소중히 여겨질 것이다.

모든 생명에 주어지는 유한함 속에서 기구한 자신의 삶을 의연하게 받아들이고 소중한 내 삶을 위해 꾸준히 노력하는 것. 그것이 가슴 뛰는 내 인생에 대한 최소한의 예의가 아닐지 생각해 본다.

'메멘토 모리, 카르페디엠.' 아주 유명한 라틴어 문장이다. '죽음을 기억하라, 그리고 현재 이 순간에 충실하라.'라는 뜻이다. 매 순간을 소중히 여기고, 자신의 재능을 발견하며, 후회 없는 삶을 살아가자. 그것이야말로 우리가 이 세상에 태어난 이유가 아닐까?

행복한 미래를 위한
추억 기록

> "시간은 흘러 다시 돌아오지 않으나, 추억은 남아 절대 떠나가지 않는다."
> 생트뵈브

시간은 흐르지만, 추억은 머문다

사람은 추억을 먹고 산다고 한다. 추억이라는 것은 간직하고 싶은 욕망, 잊기 싫은 집착으로 인해 남겨지는 것들인 것 같다. '추억'의 사전적 의미는 '지나간 일을 돌이켜 생각함. 또는 그런 생각이나 일'을 뜻한다. 우리는 보통 과거의 기억에서 특별히 인상 깊었던 순간들을 추억이라 하고, 주로 행복한 순간들을 떠올리기 마련이다.

추억은 사람들을 이따금 감상에 빠지게도 하고, 어떤 경우에는 평생을 살아가게 만드는 동력이 되기도 한다. 벗어날 수 없을 것만 같은 고통스러운 현실이나 불확실한 미래 속에서도 나를 미소 짓게 만든 어제의 일들이 오늘 하루를 견딜 힘이 되어주는 것처럼 말이다. 그만큼 추억이라는 것은 인간의 삶에서 빠질 수 없다. '라떼'라는 단어는 이제 꼰대를 대표하는 단어가 되어버렸다. 나는 '라떼는'이라는 한마디가 사람이 추억을 먹고 산다는 것을 증명해 준 단어라고 생각한다.

몇 달 전 가족들과 저녁 식사를 하며 〈유 퀴즈 온 더 블럭〉 싸이 편을 보았다. 48세의 나이에도 대학가 축제에서 10곡 이상을 부르는 싸이의 열정은 현재진행형이었다. 그는 공연에 집중하지 못하는 관객들에 대한 안타까움을 드러냈다. 그래서 "기록하지 말고 기억합시다."라는 캠페인을 시작했다고 한다.

대부분의 사람은 여행지에 가서도 "남는 건 사진뿐이야. 많이 찍어!"라고 이야기한다. 물론 나도 그랬다. 아무리 행복한 기억들도 시간이 지나면 내 기억 속에서 사라진다는 것을 알고 있기 때문이다. 사라지는 기억이 아까워 사진으로라도 남겨 추억하길 바라는 마음에 핸드폰을 손에서 놓지 못한다. 싸이가 어떤 마음에서 그런 캠페인을 하게 되었는지 조금이나마 이해할 수 있었다.

싸이는 관객들이 공연 내내 핸드폰에 저장하느라 정작 현장에서만 느낄 수 있는 수많은 감정들을 온전히 느끼지 못하는 것을 아쉬워했다. 머리카락 끝까지 전해지는 전율, 손바닥 감각이 없어져도 멈출 수 없는 박수, 내일 목소리가 안 나올 줄 알면서도 목청 터져라 따라 부르게 되는 떼창. 이 모든 행동과 감정들이 추억이 되고 그 추억은 내가 살아갈 내일에 생기를 불어넣어 준다.

오래전 남편과 함께 관람한 뮤지컬 〈Cats〉에서 주인공인 그리자벨라의 노래를 들으며 눈물을 흘린 적이 있다. 〈Cats〉의 메인 테마곡인 바브라 스트라이샌드의 〈Memory〉이다. 그리자벨라는 한때 잘나가는 고양이였지만 늙고 남루해져 다른 고양이들의 기피 대상이 되었다. 〈Memory〉는 볼품없이 변해버린 그리자벨라가 진정한 환생을 애원하며 부른 노래다. 뮤지컬 〈Cats〉에서 고양이들은 각자 자신만의 추억을 안고 살아가고, 그 추억들을 서로에게 털어놓고 이야기하며 서로의 소중함을 알아간다. 그리고 환생을 통해 더 나은 나의 삶을 꿈꾸게 된다. 〈Memory〉 가사 중 가슴 깊이 남는 구절이 있다.

"기억의 발자취를 따라서 그 문을 열고 들어가. 그 안에서 행복의 의미를 찾을 수 있다면, 새로운 삶이 시작될 거야. 새로운 삶을 생각

가장, 그까이꺼 제가 하겠습니다!

해야만 해. 절대 주저앉아서는 안 돼. 오늘 밤도 하나의 추억이 되겠지. 그리고 새로운 날이 시작될 거야."

물론 모든 추억이 다 아름답고 행복하게 기억되는 것만은 아니다. 많은 추억은 행복함과 아련함 못지않게 슬프고 고달프기도 하다. 하지만 아무리 힘들고 괴로웠던 현실도 시간이 흘러 과거가 되면 조금은 아름답게 회상할 때도 있다. "그때는 죽을 만큼 힘들었는데, 지금은 이렇게 웃으면서 이야기할 수 있게 됐네." 이 말은 나도 가끔 하는 말이다.

과거는 늘 현재보다 강렬하다. 과거의 추억일수록 미화된다는 이야기가 있다. 미화가 무서운 이유는 수많은 기억의 조각들에서 스스로 유리한 감정만을 골라내기 때문이다. 미화된 기억일지라도 그 안에서 행복의 의미를 찾을 수 있다면 환생은 못 하더라도 〈Memory〉 노래 가사처럼 또 새로운 삶이 시작될 수 있을 것이다.

행복을 아는 사람은 살아야 할 이유를 안다

며칠 간격으로 핸드폰 알람이 뜬다. "1년 전 오늘. 2023.05.31.로 추억 여행을 해보세요.", "새로운 추억을 확인해 보세요." 클라우드에 연동해 놓은 사진 앱이 과거의 오늘을 추억하라며 메시지를 보내오는 것이다. 짧게는 1년 전, 길게는 수년 전 사진들을 보며 슬펐던

일, 기뻤던 일, 힘들었던 일들을 잠시나마 떠올려 본다. "이랬던 적이 있었나?" 하며 빠르게 흘러간 세월을 실감하기도 하고, 더 행복한 추억을 만들기 위한 꿈을 꾸기도 한다.

글을 쓰며 내 기억 끝자락에 걸쳐 있던 추억들을 하나둘씩 꺼내는 연습을 했다. 내가 기억하지 못하는 것들을 남편은 기억했고, 남편이 기억하지 못하는 것들을 내가 기억하기도 한다. 함께 추억할 수 있는 과거가 있는 관계는 안전하고 단단하다는 것을 새삼 느낀다.

우리는 과연 몇 살까지 살 수 있을까? 90살? 100살? 미래 학자들은 2000년대에 태어난 아이들의 기대 수명을 130세로 예측하기도 한다. 확실한 것은 지난 100년 동안 인간 수명의 증가를 표시한 그래프의 기울기가 한 번도 줄어들지 않았다는 것이다. 오래 산다는 것은 기쁜 소식일 수도 있지만, 한편으로는 끔찍한 일이기도 하다. 60세 이후의 인생에 대해서는 그저 '노후'라는 단어로 불릴 뿐, 구체적으로 어떻게 살아야 하는지 연구된 바가 없기 때문이다.

"행복은 목표가 아니라 도구다."라고 이야기한다. 이 말은 행복해지기 위해 사는 것이 아니라, 살기 위해 행복해야 한다는 뜻이다. 김경일 교수님은 『마음의 지혜』라는 책에서 "인간은 살기 위해 행복해야 한다. 행복을 경험한 개체는 생존성이 강해진다."라고 말하며 이것이 우리가 행복해야 하는 이유라고 설명했다. 행복이라는 추억이 생존에 얼마나 큰 영향을 미치는지 교수님은 다음과 같은 사례를 통해 알려주었다.

제2차 세계대전 당시 아우슈비츠 수용소에서 나치 독일의 잔혹한 만행으로 수많은 유대인이 죽임을 당했다. 독가스나 총살 같은 직접적인 학살 외에도 비위생적인 환경, 형편없는 영양 상태, 버티기 힘든 노동 강도, 온갖 병원균과 정신적 트라우마 등으로 수용소에 들어간 이들은 몇 달 안에 죽음을 맞이하곤 했다고 한다. 그런데 이런 곳에서도 끝까지 살아남은 사람들이 있었다.

오랜 시간 조사를 거듭한 후에 생존의 중요한 요인 중 하나가 '행복'이었다는 것을 알게 되었다. 즉, 수용소에 끌려가기 전까지 얼마나 행복한 삶을 살았는지가 살아남는 데에 적지 않은 영향을 끼쳤다는 것이다. 살아야 할 분명한 이유가 있는 사람들은 살아남았다. 행복을 자주, 또 많이 경험했던 사람은 그것이 얼마나 좋은지 잘 알고 있기에, 다시 되풀이하고자 하는 욕구가 강했고 그것이 심리적 에너지로 작용했다는 것이다. 교수님은 행복이 인간의 능력을 끌어올리고 목표를 달성하게 해주며 새로운 도전까지 가능하게 만든다고 강조했다.

나는 추억을 통해 더 나은 나를 꿈꾸기 위해 '기록'을 한다. 하루하루가 쳇바퀴 돌아가듯 똑같은 패턴으로 돌아가는 것 같지만 기록하면서 단 하루도 같은 날이 없다는 것을 깨달았다. 어느 날은 출근길에 비둘기 세 마리가 머리를 앞뒤로 열심히 흔들며 나를 엄마로 생각하는 듯 내 뒤를 쫓아오는 날도 있고, 똑같은 시간에 출근하는데 매일 텅텅 비어오던 버스가 사람들로 꽉 차서 자리에 앉을 수 없는 날도 있다.

우울한 날 퇴근 후, 남편이 해준 카레를 먹고 기분이 좋아졌던 기억이 난다. 그런 기억을 통해 힘들고 지칠 때 남편표 카레를 먹고 에너지를 충전하기도 한다. 하지만 기록하지 않았다면 이 사소한 기억들은 내 머릿속에서 사라질 것이다. 차근차근 기록을 남기다 보면 내가 힘들 때 어떤 사소한 행복의 기억들로 이겨낼 수 있었는지 알게 된다.

아우슈비츠 수용소의 유대인들이 그랬듯 행복의 기억이 많은 사람은 내 앞에 어떤 시련이 닥쳐와도 분명히 이겨낼 수 있을 것이다. 행복은 거창한 것이 아니다. 더운 여름날 시원한 아이스크림 한 개를 먹고 기분이 좋아지는 것처럼 행복은 사소한 것에서 느낄 수 있다. 기록을 통해 나를 추억하고 그 추억들은 더 행복한 나를 만들 수 있을 것이다. 에드 디너의 말처럼 "행복은 기쁨의 강도가 아니라 빈도이다."

04

천 번을 넘어져도 괜찮아

"저는 제 인생에서 실패를 여러 번 거듭했습니다. 그리고 또 실패했습니다. 그리고 그게 바로 제가 성공한 이유입니다." **마이클 조던**

마법의 주문, 나는 할 수 있다!

누군가가 나에게 결과와 상관없이 인생에서 후회 없는 노력을 해본 적이 있냐고 묻는다면 나는 단연코 정규직 전환 시험이라고 말할 것이다. 영화 〈쥬만지: 새로운 세계〉의 캐릭터들이 게임 속으로 빨려 들어가 손목에 그려진 생명 게이지가 하나씩 사라지듯이 나에게 주어진 세 번의 기회가 영화 속 주인공들의 생명 게이지 같았다.

시험의 기회는 딱 세 번뿐이었다. 세 개의 생명 게이지가 손목에서 모두 사라지면 게임에 다시는 참여할 수 없었다. 영화에서처럼 나를 살려줄 친구도 없었다. 두 번의 시험에서 떨어진 후 내가 할 수 있는 선택은 마지막 남은 한 번의 기회에서 살아남든지 아니면 게임에서 완전히 탈락하든지 둘 중 하나였다.

탈락하면 모든 게 끝이라고 생각하니 내가 해야 할 것들이 명확하게 보였다. 무작정 책을 펼치지 않고 내가 잘못하고 있는 부분을 분석하고 방법을 개선하며 철저하게 준비했다. 나를 믿는 연습도 했다. 공부하는 동안 '나는 할 수 있다.'를 수백 번 되뇌었다. 마지막 시험장에서 나는 지금까지 겪지 못했던 신기한 경험을 했다. 모든 문장 그리고 토씨 하나까지도 맞는 것과 틀린 것이 눈에 들어왔다. 틀린 것은 왜 틀렸는지까지도 고칠 수 있을 정도였다.

물론 공부 방법을 이미 터득한 사람들에게는 당연하게 들릴지 모르겠다. 시험을 모두 마치고 교실을 나와 발 디딜 틈도 없이 수많은 인파가 뒤섞여 있는 운동장을 걸어 나오며 생각했다. "이번 기회가 마지막이지만 떨어지더라도 후회는 없을 것 같아!" 너무 홀가분했다. 나를 불살랐다는 말을 그 순간 온몸으로 느끼고 있었다. 상대 평가라 결과는 전혀 알 수 없었지만, 모든 것을 쏟아낸 나 자신에게 끝없는 박수를 보냈다.

학교 밖에서 기다려준 남편에게 달려갔다. 차를 타고 집에 오는 내내 시험장에서 경험한 이야기를 숨 쉴 틈 없이 재잘거렸다. 집에 돌아와 책을 펴고 시험 문제를 상기시키며 책에서 하나씩 답을 찾아 갔다. 시험문제는 내가 아는 것과 모르는 것 딱 두 가지로만 분류됐다. 애매한 것이 없었다. 대략적인 내 점수가 나왔다.

다음 날 회사 게시판에 문제지와 정답이 공개됐다. 모니터를 보며 답을 맞혀보는 내내 너무 긴장한 나머지 마우스 스크롤을 내리고 있는 오른손이 떨리고 있었다. 채점을 끝낸 순간 온몸에 소름이 돋았다. 정확히 내가 모르는 문제만 틀렸다. 수능 만점자들에 비할 바는 아니지만 만점자들의 기분이 이런 기분이 아닐까? 라는 생각을 했다. 하지만 기뻐할 수가 없었다. 시험은 상대 평가라 결과를 기다려야 한다. 점수 순서대로 채용 인원의 3배수를 뽑은 뒤 두 번째 관문인 면접이 기다리고 있었다.

일주일 뒤 결과가 나오는 날이다. 오후 3시쯤 전산으로 점수와 합격 여부가 공지된다. 눈을 뜨며 일어나면서부터 떨리는 심장을 주체할 수 없었다. 회사에 어떻게 출근했는지도 모르겠다. 그날따라 나는 고객들을 더 친절하게 대했던 기억이 있다. 그렇게 하지 않으면 심장이 멈춰버릴 것 같았다. 시간을 빨리 흘려보내기 위해 고객에게 집중한 것이다. 점심시간에도 시계를 보지 않고 열심히 맛있게 먹었다. 오후 근무에도 변함없이 고객에게 집중했다. 고객과 대화하는 중에 세시를 알리는 휴대폰 알람이 울렸다.

내 손목에 그려진 마지막 생명 게이지의 운명을 확인할 시간이었다. 심장은 가슴이 아니라 손끝, 발끝, 머리카락 끝, 내 온몸의 끝자락에서 미친 듯이 뛰었다. 떨리는 손으로 결과 버튼을 눌렀다. 합격이었다. 너무 기뻐서 숨이 멎는다는 말을 실감했다. 두 손으로 입을 틀어막고 아무 소리도 내지 못했다. 너무 기뻤지만, 마음껏 기뻐할 수는 없었다. 나와 같이 시험을 본 언니들의 결과가 좋지 않았다. 언니들은 나를 축하해 주었지만 미안한 마음에 마냥 좋아할 수만은 없었다.

면접이라는 마지막 관문이 남아있었다. 면접에서 2/3가 떨어지기 때문에 끝까지 긴장을 늦출 수 없었다. 은행에 처음 들어올 때 면접을 본 뒤 5년이 지나 다시 면접을 보려니 더욱 긴장됐다. 오히려 아무것도 모르고 본 면접이 더 순수한 마음으로 임할 수 있었던 것 같다. 5년 동안 은행에서 배운 것들이 많아져서 어떤 질문이든 노련하게 대답해야 한다는 압박감이 컸다. 그 부담감 때문에 면접 당일 날까지 잠을 제대로 잘 수 없었다.

면접은 이름도 밝히지 않고 옷도 알아보지 못하게 유니폼을 입고 면접에 참여해야 했다. 이는 면접관들에게 들어오는 수많은 청탁을

막기 위한 조처였다. 나처럼 학연도, 지연도, 인맥도 없는 사람에게
는 너무나 공평한 면접 방식이었다. 내가 예상했던 질문은 나오지
않았지만 5년의 경력이 헛되지 않았음을 증명하듯 나름대로 면접을
잘 마치고 집으로 돌아왔다. 이제는 운명에 맡겨야 할 시간이다.

나는 면접이 끝나면 "열심히 일한 당신 떠나라!" 광고 카피를 온
전히 실행하고 싶었다. 합격을 위해 TV 소리도 크게 틀지 못하고
3년간 고생한 남편에게도 "열심히 도운 당신 떠나라!"를 외치며 나
는 이틀 뒤 남편과 함께 계획했던 휴가를 떠났다. 며칠인지, 무슨 요
일인지도 모른 채 남편과 베네치아 해변을 걷고 있었다.
햇볕이 쨍쨍 내리쬐는 유럽의 열정을 느끼며 해변을 바라보다 가
방에 있던 핸드폰을 꺼냈다. 부재중 전화가 10통이 넘게 와 있었다.
그때만 해도 로밍으로 전화를 받으면 수신자에게 통화료가 청구되
던 시절이라 전화 거는 것도, 받는 것도 부담스러웠다.

문자를 확인하니 직장 동료들의 메시지가 쌓여있었다. "너 어디
야? 왜 전화 안 받아? 축하해! 합격 명단 떴어!", "고생했다, 장하다.",
"언니~ 축하해~, 언니 공부하던 책 나 주면 안 돼?" 축하 메시지가
계속 들어오고 있었다. 베네치아 해변에서 남편에게 소식을 전하고
이탈리아의 뜨거운 햇볕을 온몸으로 받으며 축하 전화를 받았다.

남편은 내가 축하받는 그 순간을 놓치지 않고 사진으로 남겨주었다. 그 순간의 기쁨, 뜨거움, 설렘, 떨림, 그 날의 뜨거웠던 햇볕까지, 16년이 지난 지금도 여전히 내 기억 속에 생생하게 남아 있다. 비록 마지막 기회에 합격했지만 2년간의 실패를 통해 많은 걸 배울 수 있었다.

실패를 통해 배우게 되는 것들

실패를 통해 배우는 것 중 가장 중요한 두 가지가 있다. 첫째, 나 자신을 믿는 것이다. 나를 불안하게 만드는 원인은 나에 대한 믿음이 약하기 때문이다. 우리가 계획한 모든 것이 다 성공할 수는 없다. 계획은 언제나 틀어지기 마련이지만 어떤 사람은 이것을 실패라 생각하고, 또 어떤 사람은 과정이라고 생각하기도 한다. 스스로를 믿는 사람은 믿음이라는 근력으로 천 번을 넘어져도 버텨낼 힘이 생긴다. 평정심을 유지할 수 있고, 좌절하지 않으며 불안한 마음도 이겨낼 수 있게 된다.

둘째, 실패를 직면하는 것이다. 드라마 〈미생〉에서 장그래는 김 대리를 자기 집에 데려가 바둑을 뒀던 자신의 과거를 밝히며 손때가 묻은 스프링 노트 한 권을 건넨다. 김 대리에게 보여준 노트는 장그래가 11살 때부터 써온 '기보'였다. 기보란 두어진 바둑의 수순을 기록한 것으로 바둑을 두는 사람의 바둑 실력과 바둑의 기풍(개성), 바둑에 대한 생각 등을 알 수 있는 기록을 말한다. 장그래는 모든 대국의 승패에 본인이 납득할 수 있는 이유를 꾸준히 적어 왔다.

실패를 직면한다는 것은 매우 고통스러운 일이다. 하지만 실패를 직면하고 스스로 납득할 수 있는 자, 설명할 수 있는 자만이 성장할 수 있다. 쓰라린 실패에 대해 누군가에게 솔직히 이야기할 수 있는 용기가 필요하다. 그 용기를 통해 우리는 천 번을 넘어져도 일어설 수 있다는 믿음을 갖게 된다. 그 믿음은 결국 나에 대한 믿음으로부터 나온다는 사실을 잊지 말자.

속도는 중요하지 않아

"성공한 사람과 그렇지 못한 사람의 차이는 힘이나 지식의 부족이
아니라, 의지의 부족입니다."   빈스 롬바르디

끝까지 해내는 힘

작년 12월 31일 가족들을 한자리에 불러 모았다. 일주일 전 나
는 가족들에게 말일에는 '만다라트'²⁾라는 것을 하겠다고 예고했었
다. 가족들 반응은 내 예상을 빗나가지 않았다. "이걸 왜 해야 하는
거예요?", "너무 어려워요.", "이걸 하는 게 정말 의미가 있는 거예
요?", "꼭 해야 하는 건가요?" 남자 셋은 입을 삐죽삐죽하며 하기 싫

---

2) 만다라트: 일본의 디자이너 이마이즈미 히로아키가 개발한 발상 기법. 목적을 달성하기 위해 체계
적인 계획표를 세우는 프로그램을 뜻하는 말.

다는 얼굴들로 앉아 있었다. 막연히 하자고 하면 절대 하지 않을 것을 알았던 나는 비장의 브리핑을 시작했다.

브리핑의 주제는 'why'였다. 왜 해야 하는지 모르면 훌륭한 일타 강사가 와도 의미 없는 일이 될 것이다. 만다라트에 대해 설명하고, 오타니 쇼헤이의 만다라트를 보여주며 그가 어떻게 훌륭한 야구선수가 되었는지 과정을 보여주었다. 나도 만다라트가 처음이라 그 효과를 입증할 수는 없지만 올해를 시작으로 만다라트를 통해 우리 가족이 어떻게 변화하는지 직접 경험해 보자고 제안했다.

모두에게 처음이라 당연히 어려울 거라 예상했다. 그래서 아이들의 연령대에 맞게 다른 친구들이 작성한 샘플들도 친절하게 준비했다. 누구에게나 처음은 어렵고 막막하다. 창조는 어렵지만 모방은 충분히 할 수 있다. 샘플을 참고하여 스스로 생각하고 자신의 상황에 맞게 하고 싶은 것, 이루고 싶은 것들을 적을 수 있도록 도와주었다.

여든한 개의 네모 칸이 하나씩 채워질 때마다 심장박동수가 1씩 올라가는 기분이었다. 세 명의 남자도 언제 불평했냐는 듯 열심히 빈칸을 하나씩 채워나갔다. "이걸 내가 할 수 있을까요?", "이 정도는 할 수 있을 것 같아.", "음식 먹고 이 닦기! 이런 거 적어도 돼요?" 다양한 질문들과 의견들이 쏟아졌다. 나는 사소한 것이라도 좋다고 했다.

목적지에 도달하기 위해서는 목표가 구체적이어야 한다. 구체적인 목표는 내가 행동할 수 있는 최소 단위를 찾게 해준다. 기간과 성취 가능한 수준을 함께 기록하면 목적지에 도달하는 데 더 효율적이다. 장장 다섯 시간 반 만에 각자의 만다라트가 완성됐다. 처음이라 어렵고 시간이 오래 걸렸지만, 투자한 시간만큼의 가치를 스스로가 느낄 수 있기를 바랄 뿐이다. 여름방학 때 중간 점검을 할 계획이다.

자신이 계획했던 목표를 위해 노력하고 있는지, 달성한 목표는 있는지를 점검하면서 목표를 수정할 수도 있고 잘 해오고 있는 것들에 대해서는 보람도 느낄 수 있을 것 같다. 이 과정을 통해 내가 한 선택은 시간이 걸리더라도 끝까지 해낸다고 다짐할 수 있는 계기가 될 것이다.

함께 가야 멀리 갈 수 있다

미국 UCLA 의과대학 연구팀에 따르면, 새해 세운 목표를 달성할 확률은 8%라고 한다. 실패하는 사람 중 25%는 일주일도 못 가서 포기하고, 30%의 사람들은 1월이 가기 전에 포기한다고 한다. 나머지 37%는 중간에 흐지부지되고, 결국 1년 뒤 목표를 완수한 사람은 겨우 8%. 100명 중 8명에 지나지 않는다는 것이다. 혼자 무엇인가를 끝까지 해낸다는 것만큼 외로운 일도 없다.

나만의 목표는 누구에게도 공개되지 않기 때문에 자신과 타협하기가 너무 쉽다. 나는 아이들에게 "작심삼일을 3일마다 반복하다 보면 한 달이 금방 지나 있을 것이다. 3일씩 1년 동안 작심삼일을 반복하면 된다."라며 우스갯소리를 하기도 한다. 하지만 이 말은 진심이다. 삼일마다 새롭게 시작한다는 마음으로 꾸준히 해나간다면 천천히 가더라도 목적지에 도달할 수 있다.

나는 독서를 처음 시작할 때 행동의 최소 단위를 설정했다. 1년에 60권을 읽겠다는 목표를 역산하면 한 달에 5권, 일주일에 1권 이상을 읽어야 한다. 만약 책 한 권이 200페이지라고 가정하면 하루에 35페이지 정도만 읽으면 된다. 여기서 중요한 건 행동의 최소 단위이다. 바로 책을 손에 쥐는 일. 일단 책을 손에 쥐어야 한다. 운동하기 위한 최소 단위는 운동화를 신는 것처럼 말이다. 독서를 혼자 하다 보니 외로웠다. 다른 사람들은 어떤 책을 읽는지도 궁금했다. 가끔은 타인이 추천해 주는 책도 읽어보고 싶었다. 함께할 동료가 필요했다. 독서라는 취미를 함께 하는 사람이 있으면 지치지 않고 꾸준히 할 수 있을 것 같았다.

때마침 SNS를 통해 알게 된 지인이 독서 인증 모임을 개설했다. 연령대가 다양한 10명의 사람이 모였다. 규칙은 100일간 매일 오전 9시까지 타임스탬프로 촬영한 사진을 올리는 것이다. 꾸준한 독서라는 공통의 목적과 의지가 있는 사람들이 모이니 10명 모두가 거의 하루도 빠지지 않고 인증을 올렸다. 독서 인증 모임을 통해 '빨리 가려면 혼자 가고, 멀리 가려면 함께 가라'라는 속담을 진심으로 이해할 수 있었다.

부자가 되려면 부자와 어울려야 하고, 영어를 잘하고 싶으면 영어를 잘하는 사람과 어울려야 한다. 짐 론의 말처럼 '우리는 우리가 가장 많이 어울리는 다섯 사람의 평균'이 되기 때문이다. 100일의 인증이 끝난 뒤 우리는 현실에서 만났다. 독서라는 공통 분모로 모인 자리에는 정말 다양한 주제의 이야기들이 오고 갔다. 아침부터 저녁까지 시간 가는 줄 모르고 즐거운 대화가 이어졌다. 독서 인증 모임은 여전히 순항 중이다. 혼자가 외롭다면 함께할 수 있는 사람들을 찾아보기를 추천한다.

쉬어가도 상관없어

나는 이금희 아나운서의 목소리가 마음 따뜻하게 느껴지는 〈인간극장〉이라는 프로그램을 즐겨봤다. 〈인간극장〉을 보면서 울기도 하고, 감동하기도 하고, 교훈을 얻기도 했다. 내가 글을 쓰기 시작하면서 아주 오래전 인간극장에서 봤던 한 어르신이 불현듯 떠올랐다. 1916년 칠 남매 중 장녀로 태어난 홍영여 할머니. 58세에 남편과 사별한 후 어렵게 육 남매를 키웠다. 70세가 다 되어 독학으로 한글을 깨쳤고, 글을 쓰기 시작한 지 10년이 지난 무렵 자녀들이 할머니의 글을 우연히 발견하게 된다.

그 글들을 묶어 1995년 80세에 할머니는 『가슴이 하고 싶었던 이야기』라는 책을 출간했다. 할머니는 2011년 96세로 돌아가실 때까지 70세 딸의 블로그에 글을 올렸고 이 글 또한 2011년 딸과 공저로 『엄마, 나 또 올게』라는 제목으로 출간되었다. 60대가 되어 한글을 배우기로 선택한 할머니는 70세에 한글을 깨쳤고, 한글을 깨친 뒤 글을 쓰겠다 마음먹고 10년 동안 꾸준히 글을 써오신 것이다. 결국 그 글은 할머니의 삶이 되었고, 삶이 책을 통해 글로 남게 된 것이다. 할머니에게 나이나 속도는 중요하지 않았다. 돌아가시기 직전까지도 블로그에 글을 올리셨다는 기사를 보니, 할머니에게 글은 가슴 뛰는 꿈이지 않았을까 생각해 본다.

15년 전 무모하고 용감하게 가장의 역할을 선택한 나. 이 선택의 끝은 아직 보이지 않는다. 언제 끝날지 알 수는 없지만 나는 내 선택을 끝까지 책임질 것이다. 나에게는 여전히 가슴 뛰는 꿈들이 있다. 앞으로 살아가야 할 삶 속에서 수많은 선택을 마주하게 될 것이다. 때로는 용감하고 무모하게, 때로는 지혜롭고 현명하게. 어떤 선택을 하든 나는 나의 속도대로 끝까지 해낼 것이다. 노벨물리학상 수상자인 나카무라 슈지는 『끝까지 해내는 힘』이라는 책에서 이렇게 말했다.

"지금까지 내가 걸어온 길을 되짚어보니 실제로 아주 단순한 일들
이 쌓이고 쌓여 마침내 성공으로 이어졌다는 사실을 깨달았다. 무
엇보다 끝까지 해내는 힘이 성공의 열쇠였다."

대부분의 사람은 무언가를 원하기만 할 뿐, 아무런 행동을 하지
않는다. 새로운 일을 시작하려고 할 때 수많은 핑계가 튀어나온다.
"해봤자 안 될 거야.", "난 나이가 너무 많아.", "시간이 없어.", "너
무 힘들 것 같아." 오죽하면 시작이 반이라는 말이 있겠는가. 홍영
여 할머니가 70세가 되어서야 글을 쓰셨듯 늦은 때란 없다. 가슴 뛰
는 꿈이 있다면 선택하고 실행하자. 속도는 중요하지 않다. 쉬어가
도 상관없다. 포기하지만 않는다면 우리는 끝까지 해낼 수 있는 사
람들이니까.

가장, 그까이꺼 제가 하겠습니다!

06

내 인생의 주인공은,
바로 나!

> "그 누구도 다른 사람을 진정으로 이해할 수 없고, 아무도 다른 사람의 행복을 만들어 줄 수 없습니다."
>
> 그레이엄 그린

인생을 잘 살기 위한 세 가지 노력

나를 행복하게 만들고, 나를 건강하게 하며, 나를 성장시킬 수 있는 건 오직 나 자신뿐이다. 어떤 환경에서 사느냐보다 어떤 꿈을 품고 사느냐가 더 중요하지 않을까? 4년 전 내 친구 중 유일한 외벌이 워킹맘을 만났다. 그녀와 나는 참 많이 닮아 있었다. 그녀는 나보다 백배는 에너지가 넘친다. 몇 가지 사업을 동시에 하는 그녀에게는 워킹맘보다 '여자 홍길동'이 더 잘 어울린다.

얼마 전 교통사고로 수술을 받고 강제 요양을 한 뒤, 지금은 재활을 위해 하루에 4만 보씩 걷고 있는 그녀. 힘들고 어려운 시기를 겪어내고 있지만, 그녀도 나도 우리가 한 선택을 응원하며 끝까지 최선을 다하고 있고 앞으로도 그럴 것이다. 외벌이 워킹맘으로서의 고충을 경험을 통해 너무 잘 알고 있는 그녀는 이제 나를 가장 잘 이해해 주는 사람이 되었다.

나도 그녀에게 그런 존재이길 바란다. 혼자 힘들어하거나, 남들의 시선을 의식하지 말자. 우리는 죄인이 아니다. 우리의 선택으로 최선을 다해 살아내고 있을 뿐이다. 아무도 내 삶을 대신 살아줄 수 없다는 말을 바꾸어 말하면 내 인생은 오롯이 내가 살아야 한다는 뜻이다.

나는 현명하고, 지혜롭게 내 인생을 살기 위해 세 가지 노력을 한다. 첫 번째는 '자기 가치'를 올리는 데 집중하는 것이다. 자기 가치가 부족하다고 느끼는 사람은 늘 남과 비교하는 삶을 산다. SNS를 볼수록 나는 저들보다 더 열심히 사는데 행복하지 않은 것 같고, 핸드폰 속 그들은 너무 편하고 쉽게 돈을 버는 것 같은데, 나만 힘든 것 같아 비교하며 우울함을 느낀다. 그러면서 동시에 부러움과 질투에 휩싸여 자신의 인생을 깊은 나락으로 몰고 가기도 한다. 우리가 매일 더 잘 살아야 하는 이유는 타인과 비교되기 때문이 아니다.

가장, 그까이꺼 제가 하겠습니다!

더 나은 내가 되기 위해서라는 것을 기억해야 한다. 자기 가치가 높은 사람들은 자기 자신이 소중한 만큼 타인도 소중히 여길 줄 안다.

두 번째는 신념을 갖는 것이다. 신념은 사전적으로 어떤 사상이나 생각을 굳게 믿으며 그것을 실현하려는 의지력을 뜻한다. 신념은 '나'라는 사람을 나타낼 수 있는 정체성이라고 생각한다. 신념은 한 사람의 행동 방향을 결정함과 동시에 그 사람이 살아가는 방식을 결정하기도 한다. 신념에 따라 나의 행동이 달라지고 그 행동에 따라 전혀 다른 결과가 나올 수도 있다. 오늘 내가 살고 있는 삶은 과거에 내가 한 행동들에 대한 결과이다.

그 행동의 이면에는 반드시 그 행동을 뒷받침하는 신념이 있다. 앞으로 내 삶을 변화시키고 싶다면 새로운 신념을 받아들여 개선할 수도 있어야 한다. 신념은 타인에게 휘둘리지 않기 위한 수단이기도 하다. 살아가면서 반복된 생각과 굳은 결심을 실천하려는 신념이 오롯이 내 삶을 지켜낼 힘이 될 것이다.

마지막은 나를 브랜딩하는 것이다. 마흔이 넘어 나라는 존재를 돌아보는 과정에서 충격적인 사실을 알게 되었다. 내가 나라는 사람을 설명할 수 없다는 것이었다. 회사와 직함을 빼고 나니 나는 껍데기뿐이었다. 나다움을 찾는 것은 쉽지 않았다. 그래서 '나'라는 사람을 찾기 위해 글을 쓰기로 결심한 것이다. 글을 쓰면서 나는 실패하더라도 꾸준히 해내는 사람이라는 것을 알게 되었다. 나에게서 꾸준함이라는 재능을 발견하고 나니 앞으로 어떤 꿈을 꾸더라도 꾸준히 해낼 수 있다는 믿음이 생겼다. 글을 쓰며 나를 브랜딩하는 과정은 또 하나의 가슴 뛰는 꿈이 되었다. 세상에 단 하나뿐인 나의 인생이야말로 나를 브랜딩할 수 있는 가장 강력한 재료라고 믿는다.

헬리콥터 부모가 될 것인가?

가끔 우리는 이런 이야기를 접하게 된다. 자녀가 직장 상사에게 혼났다고 부모가 회사에 쫓아왔다는 이야기, 대졸자 공채 면접에 부모가 면접장까지 동행한 이야기. 회사가 결정한 중동 파견을 보낼 수 없다고 전화하는 엄마, 군 입대 후 자대배치 받은 군부대 인근 모텔에 상주하며 상관들을 들들 볶아대는 부모 등 정말 다양한 사례들을 듣게 된다. 이런 부모들을 일컬어 '헬리콥터 부모'라는 신조어가 탄생하기도 했다. 이 말은 자식을 위한다는 명목으로 헬리콥터처럼 자녀의 주위를 떠다니며 매 순간 간섭하려 드는 부모를 의미한다.

영국의 소아청소년과 의학지에 게재된 보고서에 따르면 SNS보다 더 아이의 정신 건강에 악영향을 끼치는 것이 '헬리콥터 부모'인 것으로 나타났다고 한다. 부모의 과잉 보호로 아이들의 자립심을 막아 어른 없이는 아무것도 하지 못하는 상태로 만든다는 것이다. 연구팀은 자립력이 약해진 아이들은 어른 없이 혼자 노출되는 상황이 늘어나면서 정신 건강에 해를 입게 된다는 결론을 내렸다.

자식은 부모의 소유물이 아니다. 나는 자녀를 양육하면서 가장 중요한 목표는 자녀의 '독립'과 '자립'이라고 생각한다. 자녀를 과잉 보호하는 것에 대해 그들은 사랑이라고 말할지 모르나 그것은 단지 본인의 불안을 해소하기 위한 수단일 뿐이다. 그 누구도 내 삶을 대신 살아줄 수 없다. 아무리 부모라도 말이다. 내 인생의 주인공은 바로 '나'라는 것을 잊지 말자.

더 많은 실수를 저질러보는 인생

심리학적으로 불안은 대부분 불확실성에서 비롯된다고 한다. 누구나 미래에 대한 불안감을 느끼고 산다. 불안감은 우리에게 일어나지도 않은 일들을 상상하며 삶을 두렵게 하기도 한다. 여기서 중요한 것이 하나 있다. 심리학을 심도 있게 다루는 미국의 작가 어니 J. 젤린스키가 우리가 하는 걱정에 대해 내린 정의가 있다.

"우리가 하는 걱정의 40%는 절대 현실로 일어나지 않는다.
걱정의 30%는 이미 일어난 일에 대한 것이다.
걱정의 22%는 사소한 고민이다.

걱정의 4%는 우리 힘으로는 어쩔 도리가 없는 일에 대한 것이다. 걱정의 4%만이 우리가 바꿔 놓을 수 있는 일에 대한 것이다."

결국 우리를 불안하게 만드는 걱정 중 중대한 걱정은 많지 않다는 뜻이다. 우리는 단지 언제 찾아올지 모르는 4%에 대응하기 위해 어떤 능력을 갖춰야 할지, 어떻게 해야 위험을 줄일 수 있을지에 집중하면 된다. 불안함이 아닌 '나의 행동'에 집중하면 나의 에너지를 더 이상 불안에 소모하지 않고 온전히 나 자신을 믿고 행동할 수 있게 될 것이다. 내 스스로 나의 능력을 믿고, 어떤 어려움이 닥치더라도 문제를 해결할 수 있다는 확신을 갖는 것이 중요하다.

실제로 나는 자기 가치를 올리는 훈련을 하면서 마음에 변화를 느꼈다. 불확실한 미래에 대한 불안감이 줄어들고 안전감이 커짐으로써 평정심을 유지할 수 있게 된 것이다. 작가 나딘 스터어는 이렇게 말했다.

"만일 내가 인생을 다시 산다면 이번에는 용감히 더 많은 실수를 저지르리라. 느긋하고 유연하게 살리라. 그리고 더 바보처럼 살리라. 매사를 심각하게 생각하지 않을 것이며 더 많은 기회를 붙잡으리라. 더 많은 산을 오르고, 더 많은 강을 헤엄치리라. 아이스크림은 더 많이, 그리고 콩은 더 조금 먹으리라. 어쩌면 실제로 더 많은 문제가 있을 수도 있겠지만, 일어나지도 않을 걱정거리를 상상하지는 않으리라."

 나에게 주어진 인생은 단 한 번뿐이다. 해야 할 일, 하고 싶지 않은 일을 하며 사는 동안 우리는 과연 하고 싶은 일은 얼마나 하며 살고 있는 걸까? 가슴 뛰는 꿈을 꿈꿔본 적은 언제인가? 미래의 내 모습을 생각하며 설레어 본 적은 있는가? 시뻘겋게 타오르는 불화살은 언제나 나를 향해 날아오고, 나 혼자 꽤 치열하게 막아내느라 힘에 부치기도 한다.
 가슴 뛰는 꿈을 꿀 시간도, 하고 싶은 일을 하나라도 할 수 있는 시간조차 나에겐 허락되지 않는 듯하다. 하지만 아무도 내 삶을 대신 살아 줄 수 없다. 행복의 순간도 나만이 붙들어 놓을 수 있다. 내 삶의 길은 내가 만드는 것이다. 그 길 위에서 많은 사람들을 만나고 그들을 벗 삼아, 때로는 그들에게 배우면서 나의 인생을 사랑으로 채워나갈 수 있길 바라본다. 내 인생의 주인공은 '나'라는 것을 잊지 말자.

07

마침내, 나의 꽃을
맞이할 그 순간

균형 있는 삶은 고난과 시행착오로부터

연예인이라는 직업은 보이는 것처럼 화려하지만은 않은 듯하다. 많은 연예인이 무명 시절을 겪으며 경제적으로 힘든 시간을 보낸 과거가 있다는 사실을 우리는 그들이 성공한 후에야 알게 된다. 연말이면 TV 시상식을 통해 연예인들의 수상 소감을 접하게 된다. 무명 생활이 길었던 연예인들의 수상 소감은 특히나 더 우리에게 감동을 주며 화제가 되기도 한다. 나에겐 배우 오정세 배우의 수상 소감이 기억에 남았다. 그는 1997년에 데뷔하여 2020년 백상예술대상 남우조연상을 받기까지 23년이라는 세월이 걸렸다. 그가 마이크 앞에 서서 담담히 수상소감을 이어 나갔다.

"제가 한 100편의 결과가 다 다르다는 건 신기한 것 같습니다. 개인적으로는 100편 모두 똑같은 마음으로 열심히 했거든요. 생각해 보면 저로 인해 결과가 달라진 건 아닌 것 같아요. 세상에는 열심히 사는 보통 사람들이 많이 있습니다. 때로는 불공평하다는 생각이 듭니다. 꿋꿋이 열심히 자기 일을 하는 많은 사람들에게 똑같은 결과가 주어지는 것은 아니라는 생각이 들거든요. 그럼에도 불구하고 실망하거나 지치지 마시고 여러분들이 무엇을 하든 간에 그 일을 계속하셨으면 좋겠습니다. 자책하지 마십시오. 여러분 탓이 아닙니다. 그냥 계속하다 보면 평소와 똑같이 했는데 그동안 받지 못했던 위로와 보상이 여러분들에게 찾아오게 될 것입니다."

우리는 성공한 사람들을 볼 때, 그들이 성공하기까지 겪은 과정은 잘 알지 못한다. 결과로 보이는 모습만 보기 때문이다. 그러나 그들의 이야기가 전해질 때 비로소 그들에게도 우리와 똑같은 고난의 시간이 있었음을 알게 된다. 그들의 이야기를 들으면서 우리도 꾸준히 하면 분명히 목적지에 도달할 수 있다는 희망을 품게 된다. 아주 오래전 내가 한창 일에 열중할 때 한 여자 선배가 이런 조언을 해주었다.

"네가 좋아하는 일이라는 걸 알기 때문에 열심히 하는 거 충분히 이해해. 한데 말이야. 이 세상 모든 것이 균형을 잃게 되면 한쪽이 무너지게 되더라고. 일과 가족의 균형을 지키는 게 참 어려워. 그렇다고 네가 가정에 소홀하다는 건 아니야. 다만 앞으로도 그 균형을 잘 유지해 가면서 생활한다면 더 훌륭한 사람이 될 거라 생각해. 내가 살아보니 그렇더라고. 만약 지금의 너로 다시 돌아갈 수 있다면, 일은 좀 놓고 아이들이랑 더 시간을 보내고 싶은 마음이 들어."

선배의 말을 들으니 남편과의 일이 떠올랐다. 남편이 초보 주부 시절 아이들 옷을 사러 가면 일하고 있는 내게 카톡을 보내곤 했다. "어떤 색이 나아?", "사이즈는 뭘로 사야 하지?", "이건 너무 두꺼워 보이나?", "애들 속옷은 삼각으로 사야 해? 사각으로 사야 해?" 화장실 갈 새도 없이 바쁘게 일하는 중에 남편의 문자를 보면 화가 날 지경이었다. '어떤 주부가 일하러 가 있는 남편한테 이런 걸 시시콜콜 물어볼까? 이런 사소한 것쯤은 알아서 할 수 없나?' 사이즈 모르는 건 나도 매한가지이고, 두꺼운지 얇은지는 사진으로는 알 수가 없는데 말이다. 처음에는 몇 번 대답을 해주다가 화를 참지 못하고 하고 싶은 말을 내뱉어 버렸다. "이런 건 좀 알아서 하면 안 돼? 바빠 죽겠어! 그냥 알아서 사와! 안 맞으면 바꾸면 되잖아!" 그때 남편의 대답을 잊지 못한다.

"이런 대화라도 안 하면 우린 언제 대화해?"

남편은 나와 대화하고 싶었던 거다. 매일 일하느라고 늦게 들어가고 아이들 보느라 남편과 대화를 한 게 언제인지 솔직히 기억나지 않았다. 선배의 진심 어린 조언을 듣고도 나는 스스로 잘하고 있다고 착각하고 있었다. 그날 나는 집에 돌아와 남편과 많은 대화를 나누었다. 문자도 얼마든지 보내 놓으라고 했다. 바쁘면 몰아서 보더라도 꼭 읽고 대답하겠다고 약속했다.

남편은 지금도 마트에 가면 "이거 할인하는데 사갈까?", "이 화장품 필요해?", "이 옷 할인하는데 하나 사다 줄까?", "계란 몇 개 남았었는지 기억나? 깜빡하고 안 보고 나왔네." 내가 대답하면 대답하는 대로, 대답을 안 하면 안 하는 대로 잘 해내고 있다. 일과 가정의 균형 문제는 대부분의 가정에 해당하는 이야기일 것이다.

〈남자여, 늙은 남자여 울고 있나요〉라는 제목의 TV 다큐멘터리를 본 적이 있다. 이 프로그램은 대한민국의 중년 남자들에 대한 이야기였다. 남자들은 가족들을 위해 잠도 줄여가며 앞만 보고 달려왔다. 반면, 가족들은 일에만 몰두하는 아빠에게 사랑받지 못하는 존재라고 느끼며 서운함이 쌓여갔다. 결국 대화 없는 가족은 뿔뿔이 흩어졌고 쓸쓸한 노년을 맞게 되는 중년 남성들의 이야기가 화면을 통해 전해졌다. 그 프로그램을 보며 더욱더 일과 가정의 균형의 중요성을 마음속 깊이 느꼈다.

나 또한 균형 있는 삶을 이루기까지 수년간의 시행착오를 겪었다. 나는 퇴근 후 가족들과 한 시간 이상 저녁을 먹으며 많은 대화를 나눈다. 저녁 식사 이후에도 최대한 많은 이야기를 나누려고 한다. 가족의 안식처인 집이 평안해야 가족들도 각자의 일에 집중할 수 있다.

나만의 꽃을 피우기 위한 숙성의 시간

첫째 아이가 배 속에 있을 때 남편과 따뜻한 남해로 짧은 여행을 다녀온 적이 있다. 그중 한 곳은 전남 담양의 대나무 숲이었다. 입구에서부터 바람에 흔들리는 대나무 소리를 듣고 싶어 숨을 죽이고 귀를 기울였다. 대나무 숲에 들어서니 도시에서는 느낄 수 없는 청량함에 나도 모르게 눈이 감겼다. 바람이 스칠 때마다 사각거리는 소리는 내 발걸음을 멈추게 했다. 내 옆을 스쳐 지나가는 사람들도 온전히 대나무를 느끼고 싶은지 천천히 느린 걸음으로 숨을 죽이며 지나갔다. 대나무 숲 사이로 은은하게 퍼지는 햇볕이 엄마의 품처럼 따뜻하게 느껴졌다.

대나무는 씨를 뿌리고 물을 주고 아무리 정성껏 돌봐도 좀처럼 싹을 틔우지 않는다고 한다. 성격이 급한 나 같은 사람은 1년도 못 돼

대나무 키우기를 포기했을지도 모른다. 그런데 대나무는 씨를 뿌린 뒤 5년이 지난 어느 날부터, 갑자기 싹을 틔우고, 느닷없이 하루에 1m씩 쑥쑥 자라기 시작해 30m가 될 때까지 거침없이 자란다. 대나무는 5년 동안 땅속에서 무엇을 하고 있었을까? 대나무는 알고 있었다. 하늘 끝에 닿을 만큼 곧게 뻗은 대가 쓰러지지 않으려면 싹을 틔우기 전까지 무엇을 해야 하는지를 말이다. 대나무는 싹을 틔우지 않는 기간, 뿌리를 계속해서 내린다고 한다. 뿌리의 깊이는 1m 정도이지만, 사방팔방으로 뿌리를 내려 꼿꼿이 서기 위한 준비를 철저히 한다고 한다. 눈부신 성장을 위해 하루도 쉬지 않고 꾸준히 준비하는 것이다.

보통의 나무들은 봄이 되면 새순을 올리고 형형색색의 꽃을 피운 다음, 가을에 열매를 맺고 겨울잠에 들어간다. 그러나 사계절이 지나도록 변함없이 하늘을 향해 꼿꼿이 서 있는 대나무는 60년에서 120년 사이, 평생 단 한 번 꽃을 피우고 즉시 생을 마감한다고 한다. 대나무에게는 단 한 번 꽃을 피우는 일이 목숨과 맞바꾸는 일이었다. 대나무의 삶 이야기를 들으니 조선 사대부의 올곧은 지조를 왜 대나무에 빗대었는지 이해할 수 있었다. 대나무는 죽는 그 순간까지도 한 치의 흐트러짐 없었다. 오히려 제대로 된 꽃을 피우기 위해 삶의 마지막 순간까지 온 힘을 쏟는다.

어찌 보면 우리의 인생도 대나무의 인생과 많이 닮아 있는 듯하다. 도깨비방망이를 흔들어 뚝딱 하듯 하루아침에 되는 일들은 단한 가지도 없다. 대나무가 새순을 틔우기까지 5년이라는 숙성의 시간이 필요한 것처럼 우리도 무언가를 이루기 위해서는 고난과 기쁨이 공존하는 숙성의 시간이 필요하다. 누구에게나 주어지는 공평한시간을 숙성의 시간으로 잘 활용할지는 결국 나 자신에게 달려있다.

역사 강사 최태성 선생님은 수업 시간에 항상 '꿈은 동사다!'라고말한다. '작가'는 꿈이 아니라 직업이다. 작가가 되어서 무엇을 할것인지, 사람들에게 어떤 이야기를 전할 것인지가 꿈이 되어야 한다. 나는 점점 더 살기 힘들어지는 시대에 가족들을 위해 꾸준히 살아가는 나와 같은 사람들에게 용기와 위로를 줄 수 있는 사람이 되고 싶다.

가슴 뛰는 꿈을 꾸자. 사소한 것이라도 상관없다. 사소한 것들이모여 나를 더 단단하게 만든다. 숙성의 시간 동안 힘을 쌓고, 깊이를 더하자. 아픈 만큼 더 깊이 숙성될 것이다. 한 치 앞이 보이지 않는 동굴 속에 홀로 갇힌 기분일지라도 멈추지 않고 꾸준히 노력한다면, 그 꿈이 무엇이든 결국 해낼 수 있을 것이다. 그리고 마침내, 나의 계절에 나만의 꽃을 피워낼 수 있을 것이다.